ŒUVRE DE MOREAU LE JEUNE

CATALOGUE DESCRIPTIF ET RAISONNÉ

Par Marie-Joseph-François MAHÉRAULT

ANCIEN CONSEILLER D'ÉTAT

PREMIÈRE PARTIE

PIÈCES GRAVÉES PAR MOREAU D'APRÈS DIVERS ARTISTES OU D'APRÈS SES
COMPOSITIONS, SOIT ENTIÈREMENT, SOIT A L'EAU-FORTE SEULEMENT,
ET TERMINÉES PAR D'AUTRES

1re *Section*. Gravures de Moreau d'après ses compositions :
    1° Ouvrages illustrés. Livres dits à figures;
    2° Portraits;
    3° Armoiries, adresses, billets de bal et de concerts,
    cartes d'entrées, écrans, encadrements de por-
    traits, têtes de lettres, titres de livres, *ex libris*.
    4° Pièces isolées.
2e *Section*. Gravures de Moreau d'après divers artistes.
3e *Section*. Pièces dont il n'a pas été possible de reconnaître si
    elles ont été gravées à l'eau-forte par Moreau, ou seu-
    lement dessinées par Moreau et gravées par d'autres
    artistes.

DEUXIÈME PARTIE

PIÈCES GRAVÉES D'APRÈS LES DESSINS DE MOREAU PAR DIVERS GRAVEURS

1re *Section*. Gravures pour l'ornement des livres. Illustrations.
2e *Section*. Portraits.
3e *Section*. Adresses, armoiries, billets de bal, de concerts, de spec-
    tacles, cartes de fonctionnaires, cartouches, écrans,
    encadrements, têtes de lettres, titres de livres.
4e *Section*. Pièces isolées.
5e *Section*. Recueils de gravures, Ouvrages dits à figures.
6e *Section*. Gravures sans titres et vignettes sans destination connue.

SUPPLÉMENT

DESSINS GRAVÉS OU INÉDITS

1 beau volume grand in-8. *Papier de Hollande*. . . . . . 20 fr.
    — *Papier Whatman*, tiré à 50 exemplaires. . 40 fr.

On souscrit d'avance à cet ouvrage. qui sera rapidement épuisé.

Paris. — Typographie G. Chamerot, rue des Saints-Pères, 19. — 8640.

CATALOGUE

DES LIVRES

DE LA BIBLIOTHÈQUE DE

M. LE DOCTEUR DESBARREAUX-BERNARD

DE TOULOUSE

ORDRE DES VACATIONS.

1re VACATION.	Lundi 1er décembre 1879	. . . . . .	N^{os}	1 à	206
2ᵉ —	Mardi 2	—	. . . . .	207 à	409
3ᵉ —	Mercredi 3	—	. . . . .	410 à	613
4ᵉ —	Jeudi 4	—	. . . . .	614 à	805
5ᵉ —	Vendredi 5	—	. . . . .	806 à	957
6ᵉ —	Samedi 6	—	. . . . .	958 à 1038	

CONDITIONS DE LA VENTE.

La vente se fait au comptant.

Les acquéreurs paieront cinq pour cent en sus des enchères applicables aux frais.

Il y aura exposition, chaque jour de vente de 2 à 4 heures.

Le libraire chargé de la vente, remplira les commissions des personnes qui ne pourraient y assister.

On remarquera dans cette deuxième partie du catalogue de la bibliothèque de M. le docteur Desbarreaux-Bernard, parmi beaucoup d'ouvrages rares ou curieux, plusieurs livres précieux qui ont déjà figuré dans la première partie. Les notes ajoutées à chaque article indiquent les raisons pour lesquelles nous les revendons.

Ce sont les numéros : 22, 17, 220, 226, 357, 416, 445, 463, 638, 653, 931 et 946.

CATALOGUE

DES

LIVRES RARES

ET PRÉCIEUX

COMPOSANT LA BIBLIOTHÈQUE DE

M. LE Dᴿ DESBARREAUX-BERNARD

DE TOULOUSE

SECONDE PARTIE

LA VENTE AURA LIEU

Le Lundi 1ᵉʳ Décembre 1879 et jours suivants

A SEPT HEURES ET DEMIE PRÉCISES DU SOIR

Rue des Bons-Enfants, 28 (maison Silvestre)

Salle n° 1

Par le ministère de Mᵉ MAURICE DELESTRE, commissaire-priseur,
Successeur de M. DELBERGUE-CORMONT
Rue Drouot, 27.

PARIS

ADOLPHE LABITTE

LIBRAIRE DE LA BIBLIOTHÈQUE NATIONALE

4, rue de Lille, 4

1879

CATALOGUE

DES LIVRES

DE LA BIBLIOTHÈQUE

DE M. LE Dr DESBARREAUX-BERNARD

DEUXIÈME PARTIE

THÉOLOGIE.

I. ÉCRITURE SAINTE.

1. Dictionnaire historique, critique, chronologique, géographique et littéral de la Bible, etc., par dom Aug. Calmet. *Paris,* 1730. 4 vol. in-fol. fig. v. f. tr. dor.

2. Les Pseaumes de David, mis en rime françoise par Clément Marot et Théodore de Bèze. *A Leyden, chez Lewis Elzevier,* 1606. Très-petit in-8, musique notée, mar. r. riches comp. tr. dor. (*Jolie reliure du temps.*)

   Ce livre, le premier ouvrage en français qui porte le nom d'Elsevier, est fort rare. D'après la description donnée par Pieters, il manque à la fin de notre exemplaire quatre feuillets contenant une épitaphe en vers de Th. de Bèze et une table des Psaumes.

3. Les Pseaumes de David mis en rime françoise par C. M. et T. D. B. (Clément Marot et Théodore de Bèze). *Charenton, Ant. Cellier,* 1679. In-12, v. br. tr. dor.

   Cette traduction a été retouchée par Conrart et M. A. de la Bastide.

4. Centum ac quinquaginta psalmi Davidici : cum diligentissima etiam titulorum expositione, etc. *Lugduni, in officina Joannis Lhome,* 1514. In-4, v. fauve, fil.

   Plusieurs gravures sur bois sont intercalées dans le texte. La plupart sont coloriées.

5. De vita et morte Mosis libri tres Gilbertus Gaulmyn Molinensis ex MS. exemplaribus primus hebraice, latina interpretatione et notis illustravit (hebraice et latine). *Parisiis, apud Tussanum Dubray*, 1629. In-8, vélin.

Avec une demi-page de notes de la main de Huet.

6. Thesaurus (Emmanuel). Patriarchæ sive Christi Servatoris Genealogia, per mundi ætates traducta. *Burdigalæ, apud Jacobum Mongironem-Millangium*, 1675. Pet. in-8, cart.

7. Novum Testamentum. Ex regiis aliisque optimis editionibus, etc. *Lugd. Batav., ex off. Elzevir.* 1633. Pet. in-12, mar. r. à comp. tr. dor. (*Du Seuil.*)

« La plus jolie des trois éditions données successivement par les Elzevier. » (Renouard.)
Hauteur : 126 millimètres.

8. Novum Testamentum, gr. *Lugd. Batav., ex off. Elsev.*, 1641. Pet. in-12, mar. ch. r. fil. tr. dor. (*Rel. mod.*)
Hauteur : 130 millimètres.

9. Novum Testamentum græce. Editio nova : in qua diligentius quam unquam antea variantes lectiones, etc., studio et labore Stephani Curcellæi. *Amst., ex offic. Elsev.*, 1658. In-12, n. relié.
Bel exemplaire très-grand de marges.
Hauteur : 150 millimètres.

10. Novum Testamentum (græce). Edente Mich. Maittaire. *Londini, ex officina J. Tonson*, 1714. In-12, v. jasp. tr. dor.

11. Le Nouveau Testament de Nostre-Seigneur Jesus-Christ, traduit en françois selon l'édition Vulgate, avec les différences du grec (par Arnauld, Sacy et Nicole); 5e édition, revue et corrigée. *Mons, Gaspard Migeot*, 1668. (*Holl.*) In-16, 2 vol. v.

Suivant M. Pieters cette édition, en 2 tomes in-16, est, à cause du format, celle qu'il convient le mieux de placer dans la collection elsevirienne.

12. Diatessaron, sive integra historia domini nostri Jesu Christi græce, ex IV Evangeliis inter se collatis ipsisque evangelistarum verbis apte et ordinate dispositis confecta. Edit. quinta. Edidit J. White. *Oxoniæ*, 1814. Pet. in-8, cart. v. gris fil.

13. Histoire de la passion de Jésus-Christ, composée en 1490, par le R. P. Olivier Maillard ; publiée comme monument de la langue française au xve siècle, avec une notice sur l'auteur, par Gabr. Peignot. *Paris, de l'impr. de Crapelet*, 1828. Gr. in-8, fig. cart. non rog.

II. LITURGIE

14. Incipit Rationale divinorum per reverendum in Christo Dominum Guillerum Duranti Minatensem... et speculi juris autorem, etc., etc. *Industria Antonii Koburger Nuremberge exaratum*, 1488. In-fol. goth. majusc. en couleur, rel. en bois.

15. Dissertations ecclésiastiques sur les principaux autels des églises, les jubés, etc., par J.-B. Thiers. *Paris*, 1688. In-12, v. brun.

16. Dissertation sur le porche des églises, par J.-B. Thiers. *Orléans*, 1679. In-12, v. brun.

17. Livre d'heures en latin. In-16 de 88 ff. mar. noir, compart. tr. dor.

Manuscrit de la fin du **xv**ᵉ siècle sur vélin très-fin, écrit en très-petits caractères ronds d'une grande netteté. Quinze de ces pages sont encadrées de rinceaux de feuillages, avec fruits, fleurs, etc. Il contient 3 miniatures remarquables, dont une représente le martyre de saint Jean-Porte-Latine. Presque toutes les majuscules, grandes ou petites, sont peintes en or et en couleur.
Plusieurs feuillets manquent.

18. Les Heures du chrestien divisées en trois journées, par le Sʳ Magnon (en vers). *S. d.* (1654). In-8, fig. de Chauveau, titre gravé, demi-rel. mar. n. doré en tête.

19. Officium beatæ Mariæ Virginis, S. Pii V, pontificis maximi, jussu editum, etc. *Venetiis*, 1777. In-12, fig. mar. r. encadrement sur les plats, tr. dor. (*Rel. ital.*)

III. SAINTS-PÈRES.

20. L. Cœlii Lactantii Firmiani divinarum institutionum Libri septem proxime castigati et aucti... Tertulliani Liber apologeticus. *Venetiis, in ædibus hæred. Aldi et Andreæ soceri*, 1535. In-8, mar. r. rel. moderne, tranche dorée ancienne guillochée.

Très-bonne édition, supérieure à celle de 1515. (Renouard.)

21.C. S. Apollinaris Sidonii, Arvernorum episcopi, Opera. Jo. Savaro recognovit et librum commentar. adjecit. *Parisiis, ex officina Plantiniana*, 1609. In-4, rel. peau de daim.

22. Philonis Judæi Opera. In libros Mosis, de mundi opificio, historicos, de legibus. Ejusdem libri singulares, græce. *Parisiis, Adr. Turnebus, typis regiis*, 1552, in-fol. v. granit. (*Aux armes d'un archevêque.*)

Première édition.

IV. THÉOLOGIENS.

1. Théologie scolastique, morale, parénétique et mystique.

23. Dodecamenon Petri Fabri Tolos. San-Joriani consiliarii Regii, et in tolosano senatu præsidis : sive de *Dei nomine* atque attributis, liber singularis. *Parisiis, apud Joan. Richerium*, 1588. In-8, vél.

24. Traité de la Nature et de la Grâce, par l'auteur de la Recherche de la vérité (Malebranche). *Rotterdam, Reinier Leers*, 1684. In-12, v. granit. (*Aux armes de Turgot.*)

25. P. de Marca. Dissertationes posthumæ, sacræ et ecclesiasticæ, quarum quædam gallica lingua, etc., studio Pauli de Faget. Editio nova non mutilata. *Juxta primam editionem Parisiensem*, 1669. Pet. in-12, carton. dos et coins de vél. non rogné.

Véritable elsevier marqué d'un astérisque dans le catalogue officinal de 1681.

26. Traité des Superstitions selon l'Ecriture sainte, les décrets des Conciles, etc., par J.-B. Thiers. *Paris*, 1679. In-12 v.

27. Traitez singuliers et nouveaux contre le paganisme du Roy-Boit, par Jean Des-Lyons. *Paris*, 1670. In-12, v.

28. Direction pour la conscience d'un roi, ou Examen de conscience sur les devoirs de la royauté, par Fénelon; trois lettres du même à Louis XIV, à Mme de Maintenon et à M. de Louville. *Paris, A.-A. Renouard*, 1825. In-12, ac-simile et portrait, br.

Exemplaire tiré sur papier de paille.

29. Traité de la Comédie et des Spectacles, selon la tradition de l'Eglise, tiré des conciles et des Saints Pères (par le prince de Conty). *Paris, Louis Billaine*, 1667. In-8, v.

30. Traité de la Comédie et des Spectacles, selon la tradition de l'Eglise et des SS. Pères, par le prince de Conty, *Paris.* 1669. In-12, v.

31. Avis d'un docteur en théologie sur les spectacles, principalement sur la comédie. *S. l.* 1722. Pet. in-12 de 70 pages, demi-rel. dos et coins mar. bleu.

32. Mémoire à consulter sur la question de l'excommunication que l'on prétend encourue par le seul fait d'acteurs de la Comédie françoise (par Huerne de la Mothe). *Paris*, 1761. In-12, v. marbr.

33. Oliverii Maillardi Quadragesimale Opus declamatum Parisiorum urbe ecclesia Sancti Johannis in Gravia. *Opera Philippi Pigoucheti, parisius impressor. A.* 1526. In-8 à 2 col. v. marbr.—Ol. Maillardi Sermones de adventu declamati Parisius in ecclesia S. Johannis in Gravia. *Parisiis, J. Petit*, 1521. Pet. in-8 à 2 col. vél.

34. Sermones Gabrielis Barleti tam quadragesimale quam de Sanctis..... adjecta fuere quam plurima carmina Petrarchi et Dantis ex italico sermone in latinum conversa. *Lugduni, Math. Bonhomme*, 1526. 2 tomes en 1 vol, pet. in-8, goth. v. f.

Le titre du 1er vol. est rouge et noir avec une vignette encadrée représentant Barlete en chaire.

35. **Fratris Michaelis Menoti, etc., quadragesimales, etc.... Perpulchra epistolarum quadragesimalium expositio..... declama-**

tarum in conventu fratrum minorum parisiensium, anno dñi 1522. *Paris, Jehan Frellon, s. d.* Pet. in-8, goth. rel. en peau bl.

36. Sermones quadragesimales reverendi patris f. Michaelis Menoti Turonis declamati. *Parisiis*, 1526. 1 tome en 2 vol. pet. in-8, goth. mar. vert, fil. (*Anc. rel.*)

37. De Imitatione Christi libri quatuor. *Parisiis (Cazin)*, 1782. In-24, fig. de Marillier, non rogné.

38. L'Imitation de Jésus-Christ, traduite et paraphrasée en vers françois, par Corneille. *Paris, Didot l'aîné, an IX* (1801). In-8, v. f.

39. Les Œuvres de sainte Thérèse, de la traduction de M. Arnauld d'Andilly. *Paris, Pierre le Petit*, 1676. In-4, v. brun.

2. *Théologie polémique.*

41. Grotius (Hugo). De Veritate religionis christianæ. *Amst., ex off. Elsev.* Pet. in-12, v. gris fil.

Hauteur : 127 millimètres.

42. Pensées de M. Pascal sur la religion et sur quelques autres sujets. Nouv. édit. *Suiv. la copie à Paris*, 1679. Pet. in-12, à la tête de Méduse, v.

Hauteur : 133 millimètres.
Imprimé par Fricx de Bruxelles.

43. Moyens sûrs et honnestes pour la conversion de tous les hérétiques. *Cologne, Pierre Marteau*, 1681. Pet. in-12, vél.

44. La Laïs philosophe, ou Mémoires de Madame D***, et ses discours à M. de Voltaire sur son impiété, etc., etc. Suite de la Laïs philosophe, ou Sentiments et Repentir de Madame D***. *Bouillon*, 1761, *chez Pierre Limier*. 2 vol. pet. in-8, rel. en 1, cart.

Ouvrage attribué, par Quérard, à la princesse Marie-Antoinette Walpurgis de Bavière, princesse de Pologne.

3. *Théologiens protestants. — Opinions singulières.*
Déistes, incrédules, etc.

45. Analysis paraphrastica institutionum theologicarum Joh. Calvini. Auctore Daniele Colonio. *Lugd. Batav., ex off. Elzev.* 1636. Pet. in-12. vél.

Hauteur : 129 millimètres.

46. Traitté des Reliques : ou Advertissement très utile du grand profit qui reviendroit à la Chrestienté s'il se faisoit inventaire de tous les corps saincts, qui sont tant en Italie qu'en

France, etc., par J. Calvin.— Autre Traitté des reliques traduit du latin de M. Chemnitzius. *Genève, de la Rovière*, 1599. In-8, v. (*Mouillé.*)

47. Papa non papa, hoc est papæ et papicolarum de præcipuis christianæ doctrinæ partibus iisque, inter evangelicæ religionis et romanæ fidei homines, controversis, lutherana confessio, authore Osiandro. *Francofurti*, 1610. Pet. in-12, vélin.

48. Taxe de la chancellerie romaine, ou la Banque du pape, dans laquelle l'absolution des crimes les plus énormes se donne pour de l'argent. Traduit de l'ancienne édition latine, par Renoult. *A Rome, à la Tiare, chez Pierre la Clef*, 1744. In-8, v. granit.

49. Histoire de l'Eucharistie, divisée en trois parties, dont la première traitte de la forme de la célébration, la seconde de la doctrine et la troisième du culte, par Mathieu de Larroque. *Amst., Dan. Elzevier*, 1669. In-4, v.

50. Præadamitæ sive Exercitatio super versibus duodecimo, decimotertio et decimoquarto, capitis quinti epistolæ D. Pauli ad Romanos (authore J. Lapeyrère). *Anno salutis* 1655. Pet. in-12, vélin vert.

Hauteur : 130 millimètres.
M. Pieters pense que ce livre sort des presses des Else·. d'Amsterdam.

51. Le Désabusement sur le bruit qui court de la prochaine consommation des siècles, fin du monde, etc., du jour du jugement universel, contre Perriere Varin qui assigne ce jour en l'année 1666 et Napier Escossois qui le met en l'année 1688, par F. de Courcelles. *Rouen*, 1665. Pet. in-8, v.

52. La Religion du médecin, c.-à.-d. Description nécessaire, par Thomas Brown, touchant son opinion accordante avec le pur service divin d'Angleterre. *S. l.*, l'an 1668. Pet. in-12, vél.

53. Vanini (Jules-César). Amphitheatrum æternæ providentiæ divino-magicum, christiano-physicum, nec non astrologo-catholicum. *Lugduni, Ant. de Harsy*, 1615. In-8, vél.

54. Julii Cæsaris Vanini neapolitani theologi, De admirandis naturæ reginæ deæque mortalium arcanis. Libri quatuor. *Lutetiæ, Adrianus Perier*, 1616. In-8, v. brun.

55. La Vie et les Sentiments de Lucilio Vanini, par David Durand. *Rotterdam*, 1717. In-12, v. f.

56. Dictionnaire des Athées anciens et modernes, par Sylvain M.....l (Maréchal). *Paris, Grabit, an VIII* (1800). In-8, pap. vél. v. rac.

Avec les deux suppléments de Jérôme Lalande, 1805. In-8, demi-rel. v. f.

57. Le Bon Sens, ou Idées naturelles opposées aux idées surnaturelles. Londres (*Amsterd., M.-M. Rey*), 1772. — Les Prêtres

démasqués ou les Iniquités du clergé chrétien, traduit de l'anglois et refait en partie par le baron d'Holbach. *Londres (Amsterd.)*, 1768. Pet. in-8, v. éc.

58. L'Arrétin (par l'abbé du Laurens). *Rome, aux dépens de la
Congrégation de l'index*, 1772. 2 part. en 1 vol. in-12, br.

59. L'Ezor Vedam, ou Ancien Commentaire du Vedam, contenant l'exposition des opinions religieuses et philosophiques des
Indiens. Traduit du samscretan par un Brame (par de Sainte-
Croix). *Iverdon (sic) (Avignon), dans l'imprimerie de M. Felice.*
2 tom. reliés en 1 vol. in-12, demi-rel. bas.

60. Le Bhaguat-Geeta, ou Dialogues de Kreeshna et d'Arjoom,
contenant un poème de la religion et de la morale des Indiens.
Traduit du samscrit en anglais, par Ch. Wilkins (et en français
par Parraud). *Londres et Paris*, 1787. In-8, v. granit, fil.

JURISPRUDENCE.

61. Corpus Juris civilis. Editio nova prioribus correctior. *Amstel., ap. Blaeu, Lud. et Dan. Elzevier*, 1664. 2 vol. in-8, v.
Bel exemplaire.

62. D. Justiniani, SS. Principis, Institutionum libri quatuor. *Amstel., ex off. Elzev.*, 1663. Pet. in-12, mar. n. fil. tr. dor.
Hauteur : 128 millimètres.

63. Corvini (Joh.-Ar.) Enchiridium seu Institutiones imperiales.
Amster., ex offic. Elzev., 1664. Pet. in-12. v.
Hauteur : 133 millimètres.

64. Corvini (Arnoldi) Digestum per aphorismos strictim explicatum.
Amster., ex offic. Elzev., 1664. Pet. in-12. v.
Hauteur : 132 millimètres.

65. L'Ordre, Formalité et Instruction judiciaire, dont les anciens
Grecs et Romains ont usé ès accusations publiques conféré au
stil et usage de nostre France, par P. Ayrault. *Paris, Laurens
Somnius*, 1604. in-4. vél.

66. Traicté des Peines et Amendes, tant pour les matières cri-
minelles que civiles, diligemment extraict des anciennes lois ès
douze tables, de Solon et Draco, etc., par J. Duret. *Lyon, Benoist Rigaud*, 1588. In-8. vél.

67. La Coutume de Paris, mise en vers avec le texte à côté, par Garnier des Chênes. *Paris, Saugrain*, 1768. Pet. in-12, v. marbr.

68. Traité de la Police, où l'on trouve l'histoire de son établissement, etc., par Delamare, seconde édition ; — et continuation. *Amsterdam et Paris*, 1729-1738. 5 vol. in-fol., cartes, v. marbré.

69. Le Droit du Seigneur et la Rosière de Salency, par Léon de Labessade. *Paris, Rouvière*, 1878. In-12, br.

70. Arrest mémorable du Parlement de Tolose, contenant une histoire prodigieuse de nostre temps, avec annotation, par Jean de Coras. *Paris*, 1565. Pet. in-8. v.

71. Causes amusantes et connues..., par Rob. Estienne. *Paris*, 1769 et 1770. 2 vol. in-12, v. mar.

72. Recueil des défenses de M. Fouquet (par Pellisson et autres). (*Holl., Elzev.*) 1665-1668, 14 vol. pet. in-12, v. br.
Hauteur : 134 millimètres.

73. Corvini (Arnoldi) à Belderen J. V. D. Jus canonicum per aphorismos strictim explicatum. *Amstel., ex offic. Elzev.*, 1672. Pet. in-12. v. brun.
Hauteur : 131 millimètres.

74. Dissertation sur l'hémine de vin, et sur la livre de pain de saint Benoist et des autres anciens religieux (par Cl. Lancelot). *Paris*, 1667. In-12, v. granit.

75. Histoire des Perruques, où l'on fait voir leur origine, leur usage, leur forme, l'abus et l'irrégularité de celles des ecclésiastiques, par J.-B. Thiers. *Avignon, Louis Chambeau*, 1777. In-12, br.

76. L'Abbé commendataire, où l'injustice des commendes est condamnée par la loy de Dieu, etc., par le sieur Des-Bois-Francs. *Cologne, Nic. Schouten*, 1673. Pet. in-12. v.
Hauteur : 135 millimètres.

77. OBSERVATIONS sur un manuscrit intitulé *Traité du Péculat. S. l.* 1666. Pet. in-12. v.
Hauteur : 130 millimètres.
Impr. en Hollande, s'annexe aux Elseviers et s'ajoute au recueil de Fouquet ci-dessus (n° 72).

78. Discours sur l'impuissance de l'homme et de la femme, auquel est déclaré que c'est qu'impuissance empeschant et séparant le mariage, etc., par Vincent Tagereau. *Paris*, 1611. In-8, de 4 ff. prél. 191 pp. parch.

SCIENCES ET ARTS.

—

I. PHILOSOPHIE. — MORALE.

79. L. Annæi Senecæ philosophi Opera omnia, ex ult. J. Lipsii emendatione, et M. Annæi Senecæ rhetoris quæ extant. *Amstel.*, *Joan. Janssonius*, 1633. 3 vol. pet. in-12, mar. r. fil. comp. tr. dor. (*Rel. anc.*)

80. DESCARTES (René). Meditationes de prima philosophia, in quibus Dei existentia et animæ humanæ a corpore distinctio demonstrantur. *Amstel., Lud. Elzevir.* 1654. In-4, cart. non rogné.

81. Des-Cartes (Renati) Meditationes de prima philosophia. *Amstel., ap. Lud. Elzev.* Pet. in-12, vel. doré, filets.
Hauteur : 134 millimètres.

82. Epistola Renati Des-Cartes ad celebr. virum D. Gisbertum Voetium. *Amster., ap. Lud. Elzev.* 1643. Pet. in-12, vél. tr. dor.
Hauteur : 124 millimètres.

83. DES CARTES (R.). Specimina philosophiæ, seu Dissertatio de Methodo... Dioptrice, et Meteora. *Amst., ap. Lud. Elzev.* 1644 In-4, vél.

84. De Mente humana, ejus facultatibus et functionibus necnon de ejusdem unione cum corpore, auctore Lud. de la Forge. *Amstel., Dan. Elzevir.*, 1669. In-4, demi-rel. v. viol.

85. Traité de l'Esprit de l'homme, de ses facultez et fonctions, et de son union avec le corps, etc., par Louis de la Forge. *Amster., Abrah. Wolfgang, s. d.* Pet. in-12, v.
Hauteur : 133 millimètres.

86. Essai philosophique sur l'Ame des bêtes, où l'on trouve diverses réflexions sur la Nature de la liberté, sur celle de nos sensations, sur l'union de l'âme et du corps, sur l'immortalité de l'âme, par Boullier. *Amsterdam, Changuion,* 1737. 2 vol. in-12, vél.
Bel exemplaire.

87. Idea philosophiæ moralis, sive compendiosa institutio, auct. Francone Burgersdicio. *Lugd. Batav., ex off. Elzev.,* in-12, demi-bas. verte.
Hauteur : 131 millimètres.

88. De l'Esprit (par Helvétius). *Paris, Durand*, 1758. In-4, v. éc.

Première édition avec l'approbation du censeur. On y a joint diverses pièces fort curieuses et fort rares.

1° Le Mandement donné contre le livre, par l'Archev. de Paris, Christ. de Beaumont ; 2° l'Arrêt du Parlement de Paris du 6 février 1759, rendu sur réquisition de l'avocat du Roi, Joly de Fleury ; 3° un Extrait des nouv. ecclésiast.; 4° deux Lettres justific. de l'auteur.

Exempl. de M. de Gourgue.

89. Epicteti Enchiridion (græce). Manuale di Epitteto volgarizzato da Erstico Pilenejo P. A. *Parma, in Ædibus Palatinis*, 1793, *typis Bodonianis.* In-4. dos et coins mar. r. non rogné.

Edition tirée à 100 exemplaires.

90. Marci Antonini imperatoris ad seipsum libri XII, gr. et lat. recogniti et notis illustrati (a Nic. Ibbeston). *Oxonii, e theatro Sheld.*, 1704. In-8, vél.

91. Les Caractères de Théophraste et de la Bruyère, avec des notes, par M. Coste. *Paris*, 1765. In-4, portr. v. éc.

92. Les Différens Caractères des femmes du siècle, avec la description de l'amour-propre, contenant six caractères et six perfections, par Mme de Pringy. *A Lyon, chez Jacques Lyons*, 1695. In-12, v.

Mouillé.

93. Disciplina clericalis, Discipline de clergie, traduction de l'ouvrage de Pierre Alphonse (par J. Miellot). — Le Chastoiement d'un père à son fils, traduction en vers françois, du même ouvrage (du xive siècle). *Paris, impr. de Rignoux*, 1824. 2 part. en 1 vol., pet. in-8, v. br. dent.

Publication de la Société des Bibliophiles.

II. POLITIQUE.

94. Aristotelis Politicorum libri VIII, gr. et lat. cum perpetua Danielis Heinsii in omnes libros paraphrasi. *Lugd. Batav., ex off. Elzev.* 1621. In-8, cuir de Russie, fil. tr. dor (*Meslant.*)

8 ff. lim. 1045 pp. de texte, 39 ff. d'index, plus 1 f. blanc au recto duquel se trouve la souscript. d'Isaac Elzevier. Très-bel exemplaire.

Hauteur : 185 millimètres.

95. Th. Hobbes. Elementa philosophica de Cive. *Amster., Lud. Elzevirius*, 1647. Petit in-12, mar. ch. r. fil. à froid, tr. dor.

Hauteur : 125 millimètres.

96. Hieronymi Cardani Arcana politica, sive de Prudentia civili liber singularis. *Lugd. Batav., ex offic. Elzev.*, 1635. In-32, v. fauve, anc. rel.

Exempl. de la bibliothèque du prof. Deneux.

97. Ciriaci Lentuli Augustus, sive de convertenda in Monarchiam Republica. *Amster., ap. Lud. Elzev.*, 1645. Petit in-12, v. gris, rel. mod.

Hauteur : 125 millimètres.

98. Arn. Clapmarii de Arcanis rerum publicarum libri sex. *Amster., apud Lud. Elzev.*, 1644. Petit in-12, v. fauv. fil. dent. à froid.

Hauteur : 126 millimètres.

99. Codicile d'or, ou Petit Recueil tiré de l'Institution du Prince chrestien, composé par Érasme (par Claude Joly). 1665. Petit in-12, v.

Hauteur : 135 millimètres.
Impr. par les Elzev. d'Amst.

100. Virgilii Malvezzi marchionis Princeps, ejusque arcana. *Lugd. Batav., ap. Elzev.*, 1636. Petit in-12, mar. citr. fil.

Hauteur : 119 millimètres.

101. Maximes des Princes et Estats souverains. *Cologne*, 1665. — Intérêts et Maximes des Princes et des Estats souverains (par le duc de Rohan). *Cologne, Jean du Pays (Amsterdam, les Elzev.).* 1673. Pet. in-12, v.

Hauteur : 136 millimètres.

102. Traité de la Politique de la France, par M. P.-H. Hay (marquis de Chatelet). *Cologne, Pierre du Marteau (Amsterdam, Elzev.),* 1677. Pet. in-12, vél.

Hauteur : 130 millimètres.

103. Le Ministre d'Estat, avec le véritable Usage de la politique moderne, par le sieur de Silhon. *Amst., Antoine Michiels (Bruxelles, Foppens),* 1664. Petit in-12, v. granit.

Hauteur : 133 millimètres.

104. De la Charge des Gouverneurs des Places, par messire Anthoine de Ville. *Jouxte la copie à Paris*, 1640. Petit in-12. vél.

Hauteur : 123 millimètres.
Elzevier de Leyde.

105. Traité de la Cour, ou Instruction des Courtisans, par M. du Refuge, dern. édit. *Amsterd., chez les Elzev.*, 1656. Petit in-12 vél.

Hauteur : 130 millimètres.

106. Essai sur les Monnoies, et Réflexions sur le rapport entre l'argent et les denrées, par Dupré de Saint-Maur. *Paris*, 1746. In-4, v.

III. PHYSIQUE. — HISTOIRE NATURELLE.

107. Gilberti Jacchæi institutiones physicæ. Edit. postrema, emendatissima. *Amst., ap. Lud. Elzev.*, 1644, Petit in-12, bas. fauve.

Hauteur : 120 millimètres.

108. Henrici Regii Ultrajectini Fundamenta physices. *Amstel., ap. Lud. Elzev.*, 1646. In-12, vél.

109. Philosophiæ naturalis adversus Aristotelem libri XII, a Sebast. Bassone. *Amstel., ap. Lud. Elzev.*, 1649. Petit in-8, vél.

110. Dissertation sur les principes des mixtes naturels, faite en l'an 1677, par Du Clos. *Amst., chez Dan. Elzev.*, 1680. In-12, parchem.

Hauteur : 150 millimètres.
Elzevier fort rare (*Pieters*).

111. Baconi (Fr.) de Verulamio Historia naturalis et experimentalis de Ventis, etc. *Amstel., ex offic. Elzev.*, 1661. Pet. in-12, v. marbré.

Hauteur : 125 millimètres.

112. De la Nature des bains de Bourbon et des Abus qui se commettent à présent en la boisson de ces eaux, par Isaac Catier. *Paris*, 1650. Pet. in-8, vélin.

Dans le même volume se trouvent deux discours de Catier, l'un *De la macreuse*, et l'autre *De la poudre de sympathie.*

113. Traité historique des Eaux et bains de Plombières, de Bourbonne, de Luxeuil et de Bains. *Nancy*, 1748. In-8, demi-rel. m. brun. (*Rare.*)

Cet ouvrage est du P. Durand, mais augmenté et annoté par dom Calmet.

114. Traité des Pierres de Théophraste, traduit du grec, avec des notes traduites de l'anglois de M. Hill, etc. *Paris*, 1754. In-12, v. marbré.

115. Theoprasti de Igne libellus (et libellus de Odoribus) ab Adriano Turnebo latinitate donatus. *Hardevici, ex offic. Soc. typographicæ*, 1656. 2 part. en 1 vol. pet. in-12 cartonné.

Hauteur : 136 millimètres.
Ce titre est précédé d'un autre titre commun aux deux ouvrages et où se trouve la marque de Nicolas Hercules de Leyde et la date de 1656.
Les livres de cet imprimeur, qui sont rares, se joignent à la collection des Elzevier. Celui ci n'est pas indiqué par Pieters.

116. Spigelii (Adriani) Isagoges in rem herbariam libri duo. *Lugd. Batav., ex offic. Elzev.*, 1633. In-24, non rogné, papier gris.

117. J. Gartner. De Fructibus et Seminibus plantarum; accedunt
seminum centuriæ quinque priores cum tabulis æneis LXXIX.
Stutgardiæ, 1788. 2 vol. in-4, fig., v. marbré.

Ouvrage très-estimé, rare aujourd'hui (V. Brunet).

118. Willughbeius (Franc.). De historia piscium libri IV; totum
opus recognovit, supplevit... Joan. Raius. *Oxonii, e Theat. Sheld.*,
1686. In-fol. cum 186, fig. v.

119. Thesaurus imaginum piscium, testaceorum et cochlearum;
quibus accedunt conchylia, denique mineralia. Quorum omnium maximam partem Georgius Everhardus Rumphius collegit. *Lugd. Batav., apud Petrum Vander Aa*, 1710. Gr. in-fol. fig.
portr. et front. gravés, cart. non rogné.

120. Julii Obsequentis quæ supersunt ex libro de Prodigiis. *Lugd.
Batav.*, 1720. In-8, vél. fil. non rogné.

121. Fortunius Licetus, de Monstris. *Patavii, P. Frambetti*, 1668.
Pet. in-4, v. marbré.

122. Antigoni Carystii historiarum mirabilium collectanea græcè,
cum versione Guillelmi Xylandri et notis Jo. Meursii. *Lugd. Batav., apud Is. Elzev.*, 1619. In-4, v. f. fil. (*Aux armes de Cau-
martin.*)

123. Museum Wormianum, seu Historia rerum rariorum, tam na-
turalium quam artificialium, tam domesticarum quam exoti-
carum, etc., adornata ab Olao Worm. *Amstelodami, apud Lu-
dovicum et Danielem Elzevirios*, 1655. In-fol. vél.

124. Almanach ou Prognostication des laboureurs, réduite selon
le calendrier grégorien, avec quelques observations particulières sur l'année 1558, de si longtemps menacée, par Jean Vostet. *Paris, Jean Richer*, 1558. Pet. in-8, demi-rel. mar. v.

Dans le même volume :
Compost ou Manuel kalendrier, par lequel toutes personnes peuvent facilement
apprendre et sçavoir les cours du soleil et de la lune, etc., composé pour Thoinot
Arbeau demeurant à Langres. *Paris, Jean Richer*, 1588. In-8, demi-mar. vert.
Voir dans le *Bulletin du Bibliophile*, juillet 1859, p. 524, où le titre de l'Alma-
nach de Vostet est accompagné d'une note curieuse signée P. L.

125. Almanach ou Pronostication des laboureurs, réduite selon le
Kalendrier grégorien, avec quelques observations particulières
sur l'année 1588 de si longtemps menacée, par Jean Vostet,
Breton. *A Paris, chez Jean Richer*, 1588, in-8 parch.

IV. SCIENCES MÉDICALES.

1. *Histoire. — Écrits de médecins anciens et modernes.*

126. Histoire de la Médecine, par D. Le Clerc. *La Haye*, 1729.
In-4, v.

127. Étienne Sainte-Marie. Dissertation sur les médecins poètes. *Paris*, 1825. In-8, demi-bas. (*Tiré à petit nombre.*)

128. La Première et la seconde Partie des erreurs populaires, touchant la médecine et le régime de santé, par Laurent Joubert. *Rouen*, 1601. In-8, v. granit.

129. Erreurs populaires touchant la médecine et régime de santé, par Gaspard Bachot. *Lyon*, 1626, in-8, v. f.

130. Les Aphorismes d'Hippocrate, avec le commentaire de Galien sur le premier livre, traduicts de grec en françois, par J. Breche, etc., etc. *Lyon, Pierre Rigaud*, 1605. In-16, vél.

131. Hippocratis Opera omnia quæ extant, nunc denuo latina interpretatione et annotationibus illustrata, curante Anutio Fœsio. *Genevæ*, 1657, 2 vol. in-fol. portr., bas. jaspée.

132. Aphorismi Hippocratis, græce et latine, in novum ordinem digesti, et in sectiones septem distributi, cum argumentis in eosdem, authore Joanne Lanæo. *Parisiis*, 1628. In-8, mar. citr. tr. dor.

133. Aphorismes d'Hippocrate, latin-français, par Pariset. *Paris, Méquignon-Marvis*, 1813. In-32, pap. vél. mar. r. comp. tr. dor. (*Lefebvre.*)

Exemplaire Pixerécourt. ·

134. Hippocrate depaïsé : ou la version paraphrasée de ses aphorismes en vers françois, par M. L. de F. (Louis de Fontenelle). *Paris, Edme Pépingué*, 1654. In-4, demi-rel. v. f.

135. Les Pronostics d'Hippocrate avec son serment et son traicté des maladies des vierges, mis en françois par le sieur de Mirabeau. *Paris, Ant. de Sommaville*, 1645. Pet. in-12, v. granit.

136. Hippocratis Coi coacæ Prænotiones, gr. et lat., cum versione D. Anutii Foesii Mediomatricis et notis Joh. Jonstoni. *Amstel., ex offic. Elzev.*, 1660. Pet. in-12, vél.

Hauteur : 133 millimètres.
Les planches qui se réfèrent aux pp. 348 et 350 manquent ainsi que dans presque tous les exemplaires.

137. Idea universa medicinæ practicæ libris XII absoluta, Joh. Jonstonus concinnavit. *Amstel., ap. Lud. Elzev.*, 1648. Pet. in-8, v. brun.

Hauteur : 155 millimètres.

138. Beverovicii (Joh.) Exercitatio in Hippocratis aphorismum de calculo. *Lugd. Batav., ex offic. Elzev.*, 1641. Pet. in-12, bas. fauve, fil.

Hauteur : 120 millimètres.

Idea medicinæ veterum, Joh. Beverovicius concinnavit. *Lugd. Batav., ex offic. Elzev.*, 1637. Pet. in-8, v. granit.

Hauteur : 148 millimètres.

139. Galeni Opera, ex sexta Juntarum editione. *Venetiis, apud Juntas*, 1586, 5 vol. in-fol. v. f.

140. Cæsar Cremoninus Centensis de calido innato, pro Aristotele adversus Galenum. *Lugd. Batav., ex offic. Elzev.*, 1634. In-24, non rogné.

141. Joannis Mesuæ de Re medica, libri tres à Jacobo Sylvio medico interprete. *Parisiis, apud Christianum Wechelum*, 1543. In-fol. vélin.

142. Johannis Freind Opera omnia medica, editio altera Londinensi multo correctior et accuratior. *Parisiis*, 1735. In-4, v. marbré.

143. G. Baglivi Opera omnia medico-practica et anatomica, editio nona. *Lugduni*, 1733. Pet. in-4, portr. v.

144. Frederici Hoffmanni Opera omnia physico-medica. *Genevæ, fratres de Tournes*, 1758. 6 tomes en 3 vol. in-fol. avec les suppléments, 7 vol. in-fol. v. et bas.

145. Gul. Ballonii Opera omnia medica studio et opera M. Jacobi Thevart cum præfat. Theod. Tronchin. *Genève*, 1762, 4 tomes en 3 vol. in-4, bas.

2. Anatomie. — Physiologie.

146. Glissonii Anatomia hepatis. *Amstel., Joan. Janssonius à Waesbergen (Elzev.)*, 1665. Pet. in-12, joli front. et fig. chagr. viol.
Hauteur : 130 millimètres.

147. Alb. Halleri Opera minora anatomici argumenti emendata, aucta et renovata. *Lausannæ*, 1762-68, 3 vol. in-4, fig. v. marbré.

148. Observations anatomiques tirées des ouvertures d'un grand nombre de cadavres, propres à découvrir les causes des maladies et leurs remèdes, par Pierre Barrère. *Perpignan*, 1753. Pet. in-4, fig., bas. marbré.
Bon livre, devenu rare.

149. Morgagni (Jo.-Bapt.). De Sedibus et Causis morborum per anatomen indagatis libri quinque, edente Tissot. *Ebroduni in Helvetia*, 1779. 3 vol. in-4, portr. v. marbré.

150. Pathologiæ cerebri et nervosi generis specimen, studio Thomæ Willis. *Amstel., Dan. Elzev.*, 1668. Pet. in-12, vel.
Hauteur : 137 millimètres; témoins.

151. Tentamina quædam physiologica diversis temporibus et occasionibus conscripta à Roberto Boyle. *Amstel., ap. Dan. Elzev.* 1667. Pet. in-12, cart. non rogné.
Hauteur : 150 millimètres.

152. Pauli Josephi Barthez, med. prof. reg., Oratio academica de
Principio vitali hominis, quam habuit in Ludoviceo medico
Monspeliensi pro solemni studiorum instauratione die vigesima
prima octobris anno 1772. *Monspelii, 1773.* In-4, v. et fil.

Édition originale du célèbre discours de Barthez.

152 *bis.* Barthez (P.-J.).[Nova Doctrina de functionibus naturæ humanæ. *Monspelii,* 1774. Gr. in-4, v. marbr.

Rare.

153. Nouvelle Mécanique des mouvements de l'homme et des
animaux, par P.-J. Barthez. *Carcassonne, an VI* (1798). In-4.
broché.

Envoi autographe.

154. Tractatus de corde, item de motu et colore sanguinis, et
chyli in eum transitu, authore Richardo Lower. *Amstel., ap.
Dan. Elzev.,* 1669. In-12. v. brun.

155. Harvæi (Guill.) Exercitationes de generatione animalium.
Amstel., apud Lud. Elzev., 1651. Pet. in-12, v. viol. fil. tr. dor.

Hauteur : 130 millimètres.

156. Traité des causes physiques et morales du rire relativement
à l'art de l'exciter (par Poinsinet de Sivry). *Amsterdam, Marc-
Michel Rey,* 1768. In-8, demi-rel. v. gris, non rogné.

157. Sever. Pinæus. De Virginitatis notis, graviditate et partu.
Amstel., ap. Janss. Ravesteynium, 1663. Pet. in-12, v.

158. Amilec, ou la Graine d'hommes (par le docteur Tiphaine). *S. l.,
Paris,* 1753. In-12, demi-rel. v. f.

159. Lettres sur le pouvoir de l'imagination des femmes enceintes, etc. (par Is. Bellet). *Paris,* 1745. In-12, v. granit.

160. Effets prodigieux de l'imagination des femmes enceintes...
avec quelques conjectures sur la ressemblance des enfans à
leurs pères. *Paris, Royez, an XIII* (1805). In-8, cart. non
rogné. (*Bradel.*)

161. Les Admirables Secrets d'Albert le Grand, contenant plusieurs
traités sur la conception des femmes, les vertus des herbes, des
pierres précieuses et des animaux, etc. *Lyon,* 1768, in-12, v.
marbré.

162. L'Amour dévoilé, ou le Système des sympathistes, où l'on
explique l'origine de l'amour, des inclinations, des sympathies,
des aversions, des antipathies, etc. (par Ch.-Fr. Tiphaigne de la
Roche). *S. l., Paris,* 1749. In-12, v. fauve.

163. Censure de la censure d'un discours prononcé à l'assemblée
de M. le président Salomon, sur le changement d'un fœtus

humain en celui d'un singe, par la seule force de l'imagination. *A Bordeaux, Pierre Abegou*, 1670. In-4, v. fauve.

Volume très-rare. C'est une satire en réponse à une satire. Le volume porte *première partie*, mais on croit que c'est la seule qui ait paru.

164-65. *Lucina sine concubitu*. Lucine affranchie des lois du concours, trad. de l'anglais de John Hill, par Moët. *Londres*, 1750.

— *Concubitus sine Lucina*, ou le Plaisir sans peine. Traduit de l'anglais (de Richard Roe, par de Combes). Réponse à la lettre intitulée : *Lucina sine concubitu*. *A Londres*, 1750. 2 vol. pet. in-8, demi-rel. v. fauve.

166. L'Art de faire des garçons, ou Nouveau Tableau de l'amour conjugal, par Coltelli dit Procope-Couteau. *A Londres (Montpellier)*, 1787. In-12, demi-rel. bas.

Exemplaire de Deneux.

167. Cerfvol (de). La Gamologie, ou de l'Éducation des filles destinées au mariage. *Paris*, 1772. 3 vol. in-12, demi-rel.

168. La Nymphomanie, ou Traité de la fureur utérine, dans lequel on explique le commencement et les progrès de cette cruelle maladie, dont on développe les différentes causes (par de Bienville). *Amsterdam, Marc-Michel Rey*, 1771. In-8, v. marbré.

3. *Hygiène.*

169. Le Médecin de soi-même, ou l'Art de se conserver la santé par l'instinct (par Jean Devaux). *Leyde, Graaf, pour l'auteur*, 1682. Pet. in-12, v.

170. Moiens faciles et eprouvez, dont monsieur de Lorme s'est servi pour vivre près de cent ans, par Michel de Saint-Martin. Revu, corrigé et augmenté par l'autheur, seconde édition. *A Caen, chez Marin Yvon*, 1683. Pet. in-12, vélin.

171. Baptiste Platine de Cremonne. De l'Honneste Volupté, livre très-nécessaire à la vie humaine pour observer bonne santé. 1539. *A Paris, par Arnould Langelier*. Pet. in-8, v. grauit. dent. tr. dorée.

De la bibliothèque de Deneux.

172. De Puella germanica, quæ fere biennium vixerat sine cibo potuque. Sim. Portii dissertatio, *Florentiæ, apud Laurentium Torrentinum*, 1551. Pet. in-4, demi-rel. v. f.

173. Juliani Palmarii de Vino et Pomaceo libri duo. *Parisiis, Guillelmus Auvray*, 1588. In-8, v. jaspé.

174. Avis salutaire à tout le monde contre l'abus des choses chaudes et particulièrement du chocolat, du thé et du café,

par Daniel Duncan (de Montaubàn). *Rotterdam*, 1705. Pet. in-8,
vélin.

175. Abdeker, ou l'Art de conserver la beauté, par Le Camus.
Amsterdam, 1774. 2 part. en 1 vol. in-12, bas. granit. dent.
tr. dorée.

176. Le Cours de médecine en françois, contenant le Miroir de
beauté et santé corporelle. Et la théorie, avec accomplissement
de practique de Lazare Meyssonnier, 7ᵉ édition. *Lyon*, 1674. In-4,
fig. v.

177. Prosper Alpinus. De præsagienda vita et morte ægrotantium
lib. VII. Cum præf. Herm. Boerhaave. *Francofurti*, 1754. Pet.
in-4, portr, v. marbr.

4. *Spécialités médicales.*

178. Fr. Torti Therapeutice specialis ad fibres periodicas. *Franco-
forti*, 1756. In-4, demi-v.

179. Observations sur les maladies épidémiques, par Lépecq de la
Cloture. *Paris*, 1776. In-4, v. marbr.

Excellent livre (D.-B.).

180. Enchiridion thérapeutique pourpré, ou Manuel contenant
briefve et méthodique manière de traiter et guarir la maladie
épidémique ou populaire, appellée vulgairement le pourpre ou
le tacq, avec le moyen de s'en préserver, par maistre Louis de
Galtier. *Paris*, *Pepingué*, 1645. In-8, vélin.

Rare.

181. Variorum, sive Th. Bezæ, A. Riveti, etc., tractatus theologici
de Peste. *Lugd. Batav., apud Johan. Elzev.*, 1655. Pet. in-12,
mar. citr. fil.

Hauteur . 130 millimètres.

182. Traité contenant la pure et vraye doctrine de la peste et de
la coqueluche, les impostures spagyriques, et plusieurs abus de
la médecine, chirurgie et pharmacie, très-doctes et très-utiles.
Composez par maistre Jean Suau, natif de Nymes. *A Paris, chez
Didier-Millot*, 1586. In-8, demi-rel. v. gris.

183. Observations curieuses touchant la petite vérole, vraye peste
des petits enfants : et le Bezahar (*sic*) son antidote. Contenant
plusieurs rares secrets pour embellir le visage et pour oster les
difformitez que laisse après soy cette maladie. Par Mᵉ Antoine
Fueldez, docteur médecin de la ville de Roudez (*sic*), capitale du
Rouergue. *A Lyon*, 1645. In-8, vél.

Curieux et fort rare.

184. Traité des Maladies des femmes grosses et de celles qui sont

nouvellement accouchées, par François Mauriceau. *Genève*,
1693. In-4, fig. demi-v. f.

Rare.

185. Lair (Pierre-Aimé). Essai sur les combustions humaines pro-
duites par un long abus des liqueurs spiritueuses. *Paris, Gabon,
de l'impr. de Crapelet, an VIII* (1800). In-12, pap. vél. br.

Envoi autographe à M. de Houdetot.

186. Méthode de traiter les morsures des animaux enragés et de la
vipère, suivie d'un précis sur la pustule maligne, par Enaux et
Chaussier. *Dijon, Defay*, 1785. In-12, v. f. fil. tr. dor. (*Armes.*)

Exemplaire de S. ...er.

5. *Chirurgie.*

187. Le Brigandage de la Chirurgie, ou la Médecine opprimée par
le brigandage de la Chirurgie. Suivi de : Le Brigandage de la
Pharmacie, par Ph. Hecquet. *Utrecht*, 1728. In-12. v. marbr.

188. Les Fleurs de chirurgie cueillies ès livres des plus excellents
autheurs qui ayent escrit d'icelle, tant anciens que modernes,
par A. de Corbye. *A Paris, Nicolas Pepingué*, 1660. In-8, vél.

189. Méthode d'instruction à la chirurgie, extraicte des bons autheurs, et divisée en deux parties, par Jacques de Marque. *A Paris,
chez Toussaint Quinet*, 1626. In-8.

190. La Grande Chirurgie de M. Guy de Chauliac, composée l'an
1363, restituée par M. Laurens Joubert. *A Tournon, pour Paul
Frellon*, 1619. In-8, demi-rel. v. f.

191. La Grande Chyrurgie de maistre Guy de Chauliac, traduite
nouvellement,... par maistre Simon Mingelousaux. Première
édition. *A Bourdeaux, par Jacq. Mongeron Millanges, Pierre du
Cocq et Simon Boé*, 1672. In-8, demi-rel. v. f.

192. Petit Traité contenant une des parties principales de chirurgie, laquelle les chirurgiens hernières exercent ainsi qu'il est
montré en la page suivante. Fait par Pierre Franco, chirurgien
de Lausane. *A Lyon, par Antoine Vincent, s. d.* (1561). Pet.
in-8. cart. (*Piqûres de vers.*)

Fort rare.

193. Orophile en désordre, ou l'Art convaincu d'imposture dans
l'usage de la saignée. *Cologne, Pierre Bourreau*, 1686. Pet. in-12,
demi-rel. v. brun.

194. Glissonius. Tractatus de ventriculo et intestinis. *Amstel., ap.
Jacob. Juniorem* (*Elzev.*), 1677. Pet. in-12. portr. chagr. viol.

Hauteur : 132 millimètres.

195. Abrégé de l'art des accouchements, dans lequel on donne les préceptes nécessaires pour le mettre heureusement en pratique, par Mme Le Boursier du Coudray. *Paris, de Bure,* 1777. In-8, fig. portr. v.

Livre rare.

196. Mémoires de l'Académie royale de chirurgie. *Paris,* 1761. 5 vol. in-4. — Recueil de pièces qui ont concouru pour le prix de l'Académie de chirurgie. *Paris,* 1753. 5 tomes en 7 vol. in-4, en tout 12 vol. v. marbr.

197. Dell'Elixir Vitæ di Fra Donato d'Eremita di Rocca d'Euandro dell' ord. de' Pred. libri quatro. *In Napoli,* 1624. In-fol.

Curieux traité de distillation, orné de 20 planches y compris le titre, très-bien gra ées sur cuivre. *Livre de toute rareté.*

V. SCIENCES MATHÉMATIQUES, ETC.

198. Archimedes. Opera quæ quidem extant omnia, nunc primum et gr. et lat. edita : adjecta quoque sunt Eutocii Ascalonitæ in eosdem Archimedis libros commentaria, gr. et lat. (ex recensione Th. Gechauff Venalorii). *Basileæ, Jo. Hervagius,* 1544. In-fol. demi-rel. dos et coins mar. viol.

Édition princeps. Il manque la partie latine. L'exemplaire est relié sur brochure.

199. Euclidis Optica et Catoptrica, nunquam antea græce edita : eadem lat. reddita per J. Penam. *Paris, Wechel,* 1557.—Euclidis Rudimenta musices, ejusdem sectio regulæ harmonicæ, nunc primum gr. et lat. excusa, Jo. Pena interprete. *Parisiis, Andr. Wechelus,* 1557. — Theodori Tripolitæ Sphæricorum libri III nunquam antehac græce excusi, iidem latine redditi per Joan. Penam. *Paris, Andr. Wechelus,* 1558. In-4, v. viol. fil.

Rare.

200. Discours sur les différentes figures des astres, d'où l'on tire des conjectures sur les étoiles qui paroissent changer de grandeur, etc., par Maupertuis. *Paris, de l'Imprimerie royale,* 1732. In-8, v. brun.

Avec envoi autographe.

201. Cl. Æliani et Leonis Imp. Tactica, sive de Instruendis aciebus, gr. et lat., cum notis et animadvers. Joan. Meursii et Sixti Arcerii. *Lugd. Bat., Elzevirius,* 1613, 2 tom. en 1 vol. in-4, mar. r. fil. à compart. sur le dos et les plats, tr. dor. (*Rel. du XVIe siècle.*)

202. Le Parfait Capitaine, autrement l'Abrégé des guerres de la Gaule des Commentaires de César, par le duc de Rohan. *Jouxte la copie à Paris,* 1641. Pet. in-12, demi-v. viol.

Hauteur : 125 millimètres ; véritable elsevier.

---

203. Magica de spectris et apparitionibus spiritum, de vaticiniis, divinationibus, etc. (per Hennengum Grosium). *Lugd. Batav., ap. Franc. Hackium*, 1656. Pet. in-12, v.

204. Apologie pour tous les grands personnages qui ont esté faussement soupçonnez de magie, par Gabr. Naudé. *Paris, F. Targa*, 1625. In-8, v.

205. Histoire des diables de Loudun ou de la Possession des religieuses ursulines et de la condamnation et supplice d'Urbain Grandier, curé de la même ville (par Aubin). *Amsterdam*, 1716. In-12, fig. v. fauve.

206. Dictionnaire infernal, ou Bibliothèque universelle sur les êtres, les personnages, les livres, les faits et les choses qui tiennent aux apparitions, à la magie, etc., par Collin de Plancy. 2ᵉ édit. *Paris*, 1825. 4 vol. in-8 et atlas, demi-rel. bas.

VI. BEAUX-ARTS.

207. Giorgio Vasari. Delle Vite de' più eccellenti pittori, scultori et architetti. *In Bologna*, 1663, 3 vol. in-4, fig. v.

208. Entretiens sur la vie et les ouvrages des plus excellents peintres anciens et modernes, avec la Vie des architectes, par A. Félibien, corrigée et augmentée, etc. *Trévoux*, 1727. 6 vol. in-12, v. brun.

209. Dictionnaire des peintres espagnols, par Quillet. *Paris*, 1816. In-8, demi-rel. bas. verte. (*Signature de l'auteur.*)

210. Observations historiques et critiques sur les erreurs des peintres, sculpteurs et dessinateurs, dans la représentation des sujets tirés de l'Histoire sainte, etc., par Molé. *Paris, de Bure*, 1771. 2 vol. in-12, v. marbré.

211. Annales du Musée et de l'École moderne des Beaux-Arts; recueil de gravures au trait d'après les principaux ouvrages de peinture, sculpture, etc., par Landon. *Paris*, 1801-1827. 41 vol. in-8, v. f. fil. large bord.

Manquent 1, 2, 3.

212. A biographical Dictionary containing an historical account of all the engravers, by J. Strutt. *London*, 1785-86. 2 vol. gr. in-4, cuir de Russie, fil.

213. De la Manière de graver à l'eau-forte et au burin et de la gravure en manière noire, par Abr. Bosse. Nouv. édit. *Paris*, 1745. In-8, fig. v. m.

214. Tauriscus Eubœus. Catalogue des estampes gravées d'après Rafaël. *Francfort-sur-le-Mein*, 1819. In-8 sur papier, in-4, vél. demi-rel. bas. rouge.

215. Catalogue raisonné de toutes les pièces qui forment l'œuvre de Rembrandt, par Gersaint. *Paris*, 1751. In-12, v. marbr.

2!6. Catalogue des estampes gravées d'après Rubens, avec une Méthode pour blanchir les estampes et en ôter les taches d'huile, par F. Basan. Nouv. édition, corrigée, augmentée et précédée de la Vie de Rubens. *Paris*, 1767. In-12, v. marbré.

217. Exposition des principes qu'on doit suivre dans l'ordonnance des théâtres modernes. *Amst.-Paris*, 1769. — Description du Colisée élevé au Champ de Mars sur les dessins de M. le Camus, p. le S^r Le Rouge. *Paris*, 1771. Fig. — Projet d'une salle de spectacle pour un théâtre de comédie. *Londres-Paris*, 1765. In-12, fig. bas.

VII. ARTS ET MÉTIERS DIVERS.

218. Génération harmonique, ou Traité de la musique théorique et pratique, par Rameau. *Paris, Prault fils*, 1737. In-8, v. granit.

219. Traité de la Viole, qui contient une dissertation curieuse sur son origine, etc., par Jean Rousseau. *Paris*, 1687. In-8, fig. v.

Rare.

220. CHAMPFLEURY, auquel est contenu Lart et science de la deue et vraye proportion des Lettres attiques qu'on dit autrement Lettres antiques et vulgairement Lettres romaines, proportionnées selon le corps et visage humain (par Geofroy Tory). *Ce livre est à vendre à Paris sur le petit pont à lenseigne du Pot cassé, par Geofroy Tory et par Giles Gourmont.* (A la fin :) *Cy finist ce present livre... qui fut acheve dimprimer le mercredi xxviij jour du mois d'apvril lan mil cincq cens XXIX, pour maistre Geofroy Tory de Bourges...* Pet. in-fol. fig. sur bois, réglé, mar. r. dos orné, riche ornement du XVIe siècle sur les plats, tr. dor. (*Trautz-Bauzonnet.*)

Ouvrage curieux au triple point de vue de la gravure, de la grammaire et de la calligraphie.

Dans cet exemplaire, beau du reste, quelques mots au titre, aux folios 14, 78, 80, ont été retouchés à la plume.

221. Libro di M. Giovambattista Palatino, nel qual s'insegna a scriver ogni sorta lettera, antica et moderna, di qualqunque natione con le sui regole, e misure, ed essempi, e con un breve et util discorso de le cifre, etc. *In Roma, per Valerio Dorico, l'anno* 1561, pet. in-4, fig. portr. de l'auteur sur le frontispice, bas. f.

Incomplet du feuillet D, VIII.

222. Les Industries, Métiers et Professions en France, par E. de la Bédollière. *Paris,* 1842. In-8, fig. de H. Monnier, demi-rel. m. bleu.

223. Manuel typographique utile aux gens de lettres et à ceux qui

exercent les différentes parties de l'art de l'imprimerie, par Fournier le jeune. *Paris, Barbou,* 1764, 2 vol. pet. in-8, pap. de Hollande, v.

224. Les Caractères de l'imprimerie, par Fournier le jeune. *Paris, rue de l'Estrapade,* 1764. Pet. in-8, v. brun, fil, fers à fr.

225. Le Parfait Joaillier, ou Histoire des pierreries, où sont amplement décrits leur naissance, juste prix, manière de les cognoistre, etc., par A. Boece de Boot. *Lyon, Jean-Ant. Huguetan,* 1644. In-8, fig. v. brun.

226. Les Singuliers et nouveaux Pourtraicts du seigneur Federic Vinciolo, Vénitien, pour toutes sortes d'ouvrages de lingerie, de rechef et pour la cinquiesme fois augmentez. *A Lyon, par Leonard Odet,* 1603, 2 part. en 1 vol. in-4 de 80 ff. sign. de A à Viiij, portrait d'Henri IV, gr. sur bois, mar. br. couronne de feuillages sur les plats, tr. dor. (*Trautz-Bauzonnet.*)

Très-bel exemplaire d'un livre des plus rares.
Les figures des feuillets T i et T iiij sont d'une plus grande justification que les autres et sont d'un genre d'ornementation différent ; cependant ils paraissent devoir appartenir au même livre, car ils étaient dans l'exemplaire lorsqu'il avait encore sa vieille et primitive reliure en vélin.

227. Cœlius Apicius. De Opsoniis et Condimentis, sive arte coquinaria, libri decem... etc., cum annot. Martini Lister. *Amstelodami, apud Janssonio-Waesbergius,* 1709. In-8, fig. v. granit.

La meilleure édition de ce livre.

228. La Danse ancienne et moderne, ou Traité historique de la Danse, par Cahusac. *La Haye,* 1744. 3 vol. pet. in-12, rel. en 1 vol. v. marbré.

229. Du Commandement de la cavalerie et de l'équitation : deux livres de Xénophon traduits par un officier d'artillerie à cheval (Paul-Louis Courier). *Paris, imp. de J.-M. Eberhart, s. d.* (1807). 2 part. en 1 vol. in-8, demi-rel. mar. viol. non rogné.

La première partie contient le texte grec et les notes ; la seconde, la traduction. C'est un des huit exemplaires tirés sur grand papier vélin. Exemplaire de A. Renouard, avec un portrait de Xénophon, gravé par Ingouf, ajouté.

230. L'Art de nager, avec des avis pour se baigner utilement, précédé d'une dissertation où l'on développe la science des anciens dans l'art de nager, par Thévenot. *Paris,* 1782. In-12, tiré sur papier in-8, fig. v.

231. Recherches sur l'art de voler, depuis la plus haute antiquité jusqu'à nos jours, par David Bourgeois. *Paris,* 1784. In-8, v. marbré.

232. La Vénerie de Jacques du Fouilloux et autres divers auteurs, revüe, corrigée et augmentée de chasses non encore par cy devant imprimées. *A Angers, chez Le Bossé,* 1844. In-4, fig. sur bois, demi-rel. mar. rouge, doré en tête, non rogné.

BELLES-LETTRES.

I. LINGUISTIQUE.

233. Recherches curieuses sur la diversité des langues et religions en toutes les principales parties du monde, par Ed. Brerewood, mises en françois par J. de la Montagne. *A Saumur et à Paris,* 1663. In-8, v. brun.

234. J. A. Comenii Janua linguarum reserata, cum græca versione Theodori Simonii Holsati, innumeris in locis emendata a Steph. Curcellæo : qui etiam Gallico novam adjunxit. *Amst., ap. Dan. Elzev.,* 1665. Pet. in-8, vél.

235. Suidas (Lexicon, Græce). *Venetiis in ædibus Aldi et Andreæ soceri.* Mense Feb. M.V.XIIII. In-fol. demi-rel. v.
Titre racommodé.

236. Rob. Constantini Lexicon græco-lat.; hac secunda editione, partim ipsius authoris, partim Fr. Porti et aliorum additionibus plurimum auctum. *Genevæ, hæredes Eust. Vignon,* etc., 1592. 2 vol. in-fol. v. fauve, fil.

237. Glossaria duo, e situ vetustatis eruta, sive lexica duo antiqua unum latino-græcum, alterum græco-latinum. *H. Stephanus,* 1572, in-fol. cart.
Quelques piqûres.

238. Joan. Scapulæ Lexicon græco-latinum... additum auctarium dialectorum in tabulas compendiose redactorum : accedunt lexicon etymologicum cum thematibus investigatu difficilioribus et anomalis, et J. Meursii glossarium contractum hactenus desideratum, etc., *Londini, typis Dove,* 1820. 2 vol. in-4, v. f.

239. J. Meursii Glossarium græco-barbarum. *Lugd. Batav., Elzevir.,* 1614. In-4, portr. vél.

240. Grammaire comparée des langues de l'Europe latine, par Raynouard. *Paris, Didot,* 1821. In-8, dos et coins, mar. brun.

241. Éléments de la grammaire de la langue romane, par Raynouard. *Paris, Didot,* 1816. In-8, dos et coins mar. brun.

242. Trésor de recherches et antiquitez gauloises et françoises, réduites en ordre alphabétique et enrichies de beaucoup d'origines, épitaphes, etc., par P. Borel. *Paris, Aug. Courbé,* 1655. In-4, v.

243. Remarques sur la langue françoise, par Vaugelas. *Paris, Nicolas Gosselin,* 1698. 2 vol. in-12, v. brun. — Remarques nou-

velles sur la langue françoise, par le P. Bouhours. *Paris,
S. Cramoisy*, 1676. In-12, v.

244. Examen critique des dictionnaires de la langue française,
par Ch. Nodier. *Paris*, 1829. In-8, demi-rel. v. bleu.

245. Lexique composé de la langue de Molière et des écrivains du
XVIIe siècle, par Fr. Génin. *Paris*, 1846. In-8, br.

246. Dictionnaire néologique à l'usage des beaux esprits du siècle,
avec l'éloge historique de Pantalon-Phœbus, par un avocat de
province (par Desfontaines). *Amsterdam*, 1734. In-12, v. marbr.

247. Dictionnaire françois-celtique ou françois-breton, par le
P. Grégoire de Rostrenen. *A Rennes, chez Julien Valar*, 1732.
In-4, v. f. fil.

Aux armes de Le Goux de la Berchère, archevêque de Narbonne.

248. Cappelli (Ludovici) diatriba, de veris et antiquis Hebræorum
literis. *Amstel., ap. Lud. Elzev.*, 1645. Pet. in-12, v. brun.

Hauteur : 128 millimètres.

II. RHÉTORIQUE.

249. Dionysii Longini de Sublimitate commentarius (græce et
latine cum fragmentis) ex editione tertia Zacchariæ Pearce.
Glasguæ, Foulis, 1763. In-8, grand papier tiré in-4, v. porphyre,
fil. tr. dor.

250. Aphthonii Progymnasmata, cum scholiis R. Lorichii. *Amsterd., ap. Lud. Elzev.*, 1665. Pet. in-12, v. gris, fil. tr. dor.

Hauteur : 130 millimètres.

251. Quintiliani de Institutione oratoria lib. XII ; notas adjunxit
Cl. Capperonnerius. *Parisiis, Coustelier*, 1725. In-fol., gr. pap.,
v. marbr.

252. Les Marguerites poétiques ou Fleurs de bien dire, par Fr. Des
Rues. *Rouen, chez Théodore Reinsart, s. d.* (1606?).— La Suitte
des Marguerites françoises, ou Second Trésor de bien dire. *A
Rouen, chez Théodore Reinsart*, 1612. 2 part. en 1 vol. in-12,
vélin.

Une piqûre dans la marge du bas.

253. Isocratis Orationes et Epistolæ. *Parisiis*, 1631. In-8, mar.
citr. tr. dor.

Le dos et les plats sont recouverts de losanges au pointillé, remplis, ceux du dos,
par le chiffre de Henry de Lorraine, duc de Guise, et les plats par les deux Lambda,
chiffre de la princesse de Conti sa fille. Les chiffres alternent avec la croix de
Lorraine (D.-B.).

La reliure est un peu fatiguée et le volume a une piqûre de ver.

254. Lysiæ Opera omnia græce et latine, cum versione nova...

cum notis Ath. Auger. *Excudebat Parisiis, F.-Ambr. Didot l'aîné,* 1783. 2 vol. in-8, demi-rel. mar. vert.'

L'un des 100 exempl. tirés in-4, sur gr. pap. d'Annonay.

255. Les Concions et harengues de Tite-Live, nouvellement tra-duictes par J. de Hamelin. *Paris, Vascosan,* 1567. In-8, vél. à recouvr.

256. Puteani (Ericii) Suada attica, sive Orationum selectarum syntagma. *Amster., Lud. Elzev.,* 1644. Pet. in-12, veau bleu, fil. tr. dor.

Hauteur : 130 millimètres.

257. A. Vorstii oratio in excessum Claudii Salmasii. *Lugd. Batav., Joan. et Dan. Elzevir.,* 1654. In-4, demi-mar. noir.

258. Heinsii (Danielis) orationum editio nova, auctior. atque ita emendata, ut alia videri possit. *Lugd. Batav., ex offic. Elsev.,* 1642. Pet. in-12, vél.

Hauteur : 132 millimètres.

259. Discours académiques et Poésies de Monsieur**** (l'abbé Séguy). *A la Haye,* 1736. 2 part. en 1 vol. in-12, mar. rouge, fil. tr. dor.

Ancienne reliure.

III. POÉSIE.

1. *Poètes grecs.*

260. Gerardi Joannis Vossii poeticarum institutionum libri tres. *Amst., apud Lud. Elzevirium,* 1647. In-4, v. f. — De Imitatione cum oratoriâ, tum præcipuè poeticâ, deque Recitatione veterum, liber. Et : De Artis poeticæ naturâ ac constitutione liber.

261. Poetarum græcorum syllogus, curante Boissonade. *Paris, Didot,* 1823-26, 24 vol. in-32, gr. pap. vél. demi-mar. bleu, n. g.

Bel exemplaire.

262. Analecta veterum poetarum græcorum, editore Kich. I. Phil. Brunck. *Argentorati, Bauer et soc.,* 1776. 3 vol. in-8, v. éc. filets.

263. Homeri et Hesiodi Certamen (græce), nunc primum luce donatum; Matronis et aliorum parodia, ex Homeri versibus parva immutatione lepide detortis consutæ; homericorum heroum epitaphiæ; cum duplici interpretatione lat. *Exeud. Henr. Stephanus,* 1573. In-8, v. brun. fil. tr. dor.

264. Homeri Opera omnia ex recensione Samuelis Clarkii. Edit. 2ᵃ curante Dindorfio. *Lipsiæ,* 1824, 5 vol. in-8, cart. non rogné.

265. L'Odyssée d'Homère, traduicte de grec en françois, par Boitel. *Paris, veuve Mathieu Guillemot,* 1617. In-8, fig. vél.

266. Joannis Tzetzæ Antehomerica, homerica et posthomerica e codicibus edidit et commentariis instruxit Friedericus Jacobs. *Lipsiæ, ex libraria Weidmania*, 1793. In-8, v. f. fil.

267. Carmina novem illustrium fœminarum, Sapphus, Myrtilis, Praxillæ, etc.; et lyricorum Alcmanis, Ibici, Stesichori, etc. (græce), ex bibliotheca Frei. Ursini. *Antuerp., Christ. Plantinus*, 1568. Pet. in-8, vél.

268. Mérard Saint-Just. Imitation en vers français des odes d'Anacréon. *Paris, an VI.* In-8, pap. vél., demi-mar. r. br. non rogné.

Édition tirée à 36 exemplaires avec la signature de l'auteur.

269. Le Odi di Anacreonte tradotte in versi italiani da Eristico Pilenejo. *S. l. n. d. (Bodoni*, 1793). Pet. in-8, broché, cartonné.

270. Omnia Pindari quæ extant, cum interpretatione latina. *Glascuæ, Foulis*, 1744. 2 vol. gr. in-12, v. f.

Avec une note de Racine fils et une de Lefranc de Pompignan.

271. Pindari Carmina et fragmenta cum lectionis varietate et annotationibus, a Chr. Gottl. Heyne. *Oxonii*, 1807-1809. 3 vol. in-8, gr. pap. cart. non rogné.

272. Le Pindare thébain, traduction meslée de vers et de prose par le sieur de Lagaudie. 1626, *A Paris, chez Jean Laquehay*, In-8, fig. de J de Courbes. v. br.

L'une des figures représente l'accouchement de Coronis, mère d'Esculape. C'est Apollon, nimbé, qui fait l'office de sage-femme.

273. Orphei Argonautica, hymni et de Lapidibus, curante Andrea Christiano Eschimbachio Norisburgense cum ejusdem ad Argonautica notis et emendationibus. *Trajecti ad Rhenum, apud Guilhl. van de Water*, 1689. In-12, vél.

274. Theocritus, Moschus, Bion, Simmias, Idyllia, etc., etc., *Excud. H. Stephanus*, 1579. In-16, vél.

275. Theocriti quæ extant cum græcis scholiis, notis et indicibus (cur. Richard. West, etc.). *Oxonii, e theatro Sheldeniano*, 1699. Pet. in-8, pap. fort, vél.

276. Le Avventure d'Ero e di Leandro di Museo grammatico, trasportate in versi italiani da Girolamo Pompei. *Parigi, Ant.-Aug. Renouard, an IX* (1801). Pet. in-12, fig. br. non rogné.

277. Callimachi Cyrenæi hymni et epigrammata (greco-italiano). *Parma, nel regal palazzo*, 1792, *co'tipi Bodoniani.* In-4, cart. non rogné.

Tiré à 200 exemplaires.

278. Cunæi (P.) animadversionum liber in Nonni Dionysiaca. — Dan. Heinsii dissertatio. Josephi Scaligeri conject. — *Lugd. Batav., ex off. Lud. Elzev.*, 1610. Pet. in-8, v. gauf. à comp.

Hauteur : 156 millimètres.

279. Quinti Calabri derelictorum ab Homero libri quatuordecim (græce). — Trypbiodori Excidium Trojæ et Coluthi Helenæ Raptus (gr.), *s. d.* (*Venetiis, Aldus*, 1505). In-8, cart.

280. Pauli Silentiarii descriptio magnæ ecclesiæ et Ambonis et Joannis Gazæi descriptio, tabula mundi (græce). *Lipsiæ*, 1822, In-8, br.

2. *Poètes latins anciens.*

281. Corpus omnium veterum poetarum latin. secundum seriem temporum, in quinque libris distinctum, etc. Secunda editio. *Aureliæ-Allobrogum* (Genève), *S. Crispinus*, 1611, 1 tome en 2 vol. in-4, v.

282. Fragmenta poetarum veterum latinorum, quorum opera non extant : Ennii, Accii, Lucilii, Laberii, Afranii, Nævii, Cæcilii, aliorumque multorum. *Anno 1564, excudebat Henricus Stephanus.* Pet. in-8, demi-rel. m. vert.

283. Quinti Ennii Annalium lib. XVIII fragmenta. Port. Pauli Merulæ curis iterum recensita, auctiora, reconcinnata et illustrata... opera et studio E. S. (Ern. Spangenberg). *Lipsiæ*, 1825. In-8, br.

284. Tito Lucrezio Caro tradotto da Alessandro Marchetti. *Firenze*, *Molini*, 1820. Pet. in-12, fig. mar. bleu. dent. non rogné.
Tiré sur papier bleu.

285. Catullus, Tibullus, Propetius (*sic*). *Venetiis, in ædibus Aldi*, M.DII. In-8, mar. chagr. noir, fil. tr. dor.
Avec les initiales peintes.

286. Catullus, Tibullus et Propertius. *Lugduni Batavorum* (*Paris, Coustelier*), 1743. 3 part. en 1 vol. in-12, fr. gr. v. m.

287. P. Virgilii Maronis Opera, nunc emendatiora. *Lugd. Batav., ex offic. Elzev.*, 1636. Pet. in-12, v.
Hauteur : 120 millimètres.
Seconde édition sous cette date.

288. Publius Virgilius Maro. Bucolica, Georgica et Æneis. *Londini, apud Dulau et Cᵒ*, 1800. 2 vol. gr. in-8, gr. papier, fig. demi-rel. mar. r. non rogné.

289. L'Énéide de Virgile, traduite en vers françois par Perrin. Première partie contenant les 6 premiers livres. *Paris, des caractères de P. Moreau*, 1648. In-4, carte et frontispice gravé, vignettes en tête de chaque chant, par Abr. Bosse, v. f.

290. Q. Horatii Flacci emblemata imaginibus in æs incisis, notisque illustrata, stud. Othonis Vænii. *Typis Hieron. Verdussen, Antuerpiæ*, 1607. In-4, v.

291. P. Ovidii Nasonis operum scripta amatoria complexus. Nic. Heinsius castigavit. *Amst. Dan. Elzev.*, 1664. 3 vol. in-16, mar. v. fil.

292. P. Ovidii Nasonis Opera omnia in tres tomos divisa cum notis Nic. Heinsii. *Lugd. Batav., ex offic. Hackiana, an.* 1670. 3 vol. in-8, v. f.

293. Le Metamorfosi di Ovidio, tradotte in versi italiani da Clemente Bondi. *Parma, co' tipi Bodoniani,* 1806. 2 vol. pet. in-8, pap. vél. mar. vert. dentelle.

Exemplaire Boutourlin.

294. Albii Tibulli Carmina, libri tres, cum libro quarto Sulpiciæ et aliorum Chr. G. Heynii. Editio quarta. *Lipsiæ,* 1817-19. 3 vol. in-8, pap. vél. cart. non rogné.

295. Phædri Augusti liberti fabularum Æsopiarum libri quinque ad optimas quasque editionis emendati. *Parisiis, Coustelier,* 1742. In-12, v. m. fil. tr. dor.

296. La Philomèle, poème latin attribué à Albus Ovidius Juventius, publié avec de nouvelles leçons et des notes critiques, par Ch. Nodier. *Paris,* 1829. In-8, pap. fort.

Tiré à petit nombre.

297. Lucani (M. Annæi) Pharsalia sive de Bello civili, etc., lib. X. *Amster., typis Lud. Elzev.,* 1651. In-16, vél.

298. Silius Italicus. Seconde Guerre punique, poème de Silius Italicus, corrigé sur quatre manuscrits et sur la précieuse édition de Pomponius donnée en 1471, par M. Lefebvre de Villebrune. *Paris,* 1781. 3 vol. in-12, v. f.

299. D. Junii Juvenalis et Auli Persii Flacci Satiræ. *Birmimghamiæ, typis Johan. Baskerville,* 1761. Gr. in-4, v. f. fil.

300. M. Valerii Martialis Epigrammatum libri ad optimos codices recensiti et castigati... *Lutetiæ Parisiorum, typis Jos. Barbou,* 1754. 2 vol. in-12, vél. tr. dor.

3. *Poètes latins modernes.*

301. Poetæ tres elegantissimi emendati et aucti, Michaël Marullus, Hieronymus Angerianus, Joannes Secundus. *Parisiis, opud Jacobum Dupuys,* 1582. — Adriani Scorelii Batavi poemata, etc. *Antuerpiæ, ex off. Chr. Plantini,* 1566. In-16, vél.

302. Argumentorum ludicrorum et Amœnitatum scriptores varij. *Lugd. Batav., excud. Godefridus Basson,* 1623. Pet. in-8, vél.

Curieuse collection des meilleures pièces latines des poètes des xvie et xviie siècles.

303. Deliciæ quorundam Poetarum Danorum collectæ a Friderico Rostgaard. *Lugd. Batav.,* 1693. 2 vol. pet. in-12, vél.

304. Poemata didascalica, nunc primum vel edita, vel collecta, studiis Fr. Oudin. *Paris*, 1833. 3 vol. in-12, demi-rel. mar. r.

305. Carmina ethica, **ex** diversis auctoribus collegit Ant. Aug. Renouard. *Parisiis, typis P. Didot*, 1795. In-18, gr. pap. vél. v. fauve, dent. tr. dor.

306. Selecta Poemata Italorum qui latine scripserunt, cura cujusdam anonymi (Gr. Atterbury, Roffensis episcopi) anno 1684 congesta, iterum in lucem data, una cum alior. Italorum operibus, accurante Al. Pope. *Lond., Knapton*, 1740. 2 vol. pet. in-8, v. viol. fil. dent.

307. Stellarum Corona benedicte Marie Virginis in laudem ejus per singulis predicationibus elegantissime coaptatum. *Impensis sumptibusque providi viri Johannis Rymman : in oppido Haguenow : per Henricum Gran. anno* 1499. Pet. in-fol. à 2 col. goth. majuscules en couleur, demi-rel. cuir de Russie.

308. Brandt (Sébastien). Stultiferæ navis. Narragonice profectionis nunquam satis laudata Nauis... etc. (*In fine:*) *nuper opera et promotione Johannis Bergman de Olpe anno salutis* 1497. In-4. grav. sur bois, non relié. (*Rogné.*)

308 *bis*. Autre exemplaire du même ouvrage : *Basileæ, ex off. Sebast. Henricpetri*, 1572. In-8, cart. br.

309. J. Aurelius Augurellus. *Venetiis, in ædibus Aldi*, 1505. Pet. in-8, v. f. fil.

Édition belle et rare. Hauteur : 144 millimètres.

310. Syphilis, poème en 2 chants, trad. du latin de Fracastor, par Barthélemy. *Paris*, 1840. In-8, demi-rel. mar. r.

311. In fœdus et victoriam contra Turcas juxta sinum Corinthiacum, non. octobr. 1571, partam poemata varia (ex 97 auctoribus notis et pluribus incertis), Petri Gherardii Burgensis studio et diligentia conquisita ac disposita. *Venetiis*, 1572. In-16, mar. r. fil.

312. Faerni Centum Fabulæ ex antiquis auctoribus delectæ. *Antuerpiæ, ex off. Plantini*, 1573. Pet. in-12, fig. sur bois, demi-rel. mar. viol.

313. Joannis Aurati, Lemovicis poetæ, Poematia. *Lutetiæ Parisior, Guliel. Linocerius*, 1586. 2 part. en 1 vol. in-8, portr. vél.

Le verso du titre est occupé par le portrait de Daurat.

314. Sc. Sammarthani Opera, tum poetica, tum ea quæ soluta oratione scripsit. *Lutetiæ*, 1616. 2 part. en 1 vol. In-8, v.

Exemplaire du poète Maynard, avec sa signature.

315. Lævini Torrentii Poemata sacra. *Antverpiæ, ex off. Chr. Plantini*, 1575. — Rhetoricorum libri IIII Bened. Ariæ Montani. *Antverpiæ, Chr. Plantinus*, 1569. — Evangelica Strena ad

omnem studiosam Juventutem, per J. Fr. Lumnium. *Antverpiæ,
Chr. Plant.*, 1568. In-8, vél.

Les poésies de L. Torrentius (Van der Beken, évêque d'Anvers) contiennent entre
autres deux poèmes sur la bataille de Lépante et la guerre contre les Turcs.

316. Cento ethicus ex variis poetis hinc inde contextus per Dama-
sum Blyenburgium Batavum. *Lugd. Batav., Lugd. Elzev.* 1599.
(On lit à la fin :) *L. B. ex typogr. Christophori Gujotij, an* 1599.
In-8, 10 ff. et 260 pp. demi-mar. non rogné.

317. Sarcotis, carmen, auctore Jacobo Masenio S. J. Editio altera
cura et studio J. Dinouart. *Parisiis, apud J. Barbou,* 1757. In-12,
mar. citron, fil.

318. Baudii Dominici Poematum nova editio, accedit autoris vita
et epitaphia. *Lugd. Batav., Lud. Elzev.,* 1616. Pet. in-8, v.
gris, fil. dent. à froid.

Hauteur : 164 millimètres.

319. Baudii Amores, edente Petro Scriverio. *Amst., Lud. Elzev.,*
1638. Pet. in-12, vél.

Hauteur : 144 millimètres.

320. J. Oweni Epigrammatum editio postrema. *Amst., apud
Lud. Elzev.,* 1647. In-16, portr. v. viol. fil. tr. dor.

321. Gasp. Barlæi Poematum editio nova, priore castigatior et
altera parte auctior. *Lugd. Batav., ex off. Elzev.,* 1631. Pet.
in-12, demi-bas.

Hauteur : 120 millimètres.

322. Gasp. Barlæi Antuerpiani Poemata, editio IV, altera plus
parte auctior. *Amstel., Joh. Blaeu,* 1645. 2 vol. pet. in-12, v.
bleu, fil. tr. dor.

Hauteur : 126 millimètres.

323. Danielis Heinsii Poematum editio nova. *Lugd. Batav.,
sumpt. Elzeviriorum et Johannis Mairii,* 1621. Pet. in-8, v.
marbré.

Hauteur : 142 millimètres.

324. Nic. Heinsii Dan. fil. Poemata... Accedunt Joan. Rutgersii
quæ quidem colligi potuerunt. *Lugd. Batav., ex offic. Elzev.,*
1653. Pet. in-12, mar. br. gauf. à froid, tr. dor.

Hauteur : 125 millimètres.

325. Posteritati J. Aug. Thuani Poematium, opera atque studio
J. Melanchthonis. *Amstel., apud Dan. Elzev.,* 1678. In-12.

Ex. broché non coupé.

326. Xaverius Peregrinus ; a Hieronymo Bardi iatro-theologo pede
pari et impari descriptus. *Romæ, typis Ignatij de Lazeris,* 1659.
In-8, vél.

On lit sur la garde : *Historia typografica, symbolica, prosaica et poetica Sancti
Xaverii jesuitæ.* Livre rare.

327. L'Art de peinture, traduit en françois, du latin de Ch.-A. du Fresnoy (par Roger de Piles). *Paris, Nic. Langlois,* 1668. In-8, veau.

328. Caroli Ruæi, e societate Jesu, carminum libri quatuor. Editio quinta. *Lutetiæ Paris., apud viduam Simonis Bernard,* 1688. In-12, v. brun.

Très-joli frontispice gravé par Edelink, et une série de jolies petites gravures en taille-douce d'emblèmes. Exemplaire de Le Ragois, précepteur du duc du Maine, avec sa signature sur le titre.

329. Stephani Sanadonis Carminum libri quatuor. *Parisiis, J. Barbou,* 1754. In-12, v. granit.

330. Fr. J. Desbillons Fabulæ Æsopiæ. *Parisiis, Barbou,* 1778. in-12, demi-rel. mar. olive. (*Purgold-Hering.*)

331. Jani Pannonii poetarum sui seculi facile principis, in Hungaria Quinque-Ecclesiarum olim antistitis, poemata, etc. *Trajecti ad Rhenum,* 1784. 2 vol. in-8, grand papier, demi-rel. v. f. non rogné.

332. Connubia florum latino carmine demonstrata, auct. D. de la Croix, M. D., notas et observationes adjecit Richardus Clayton baronettus. *Bathoniæ, ex typographia S. Hazard,* 1791. In-8, gr. pap. fig. demi-rel. dos et coins mar. r.

333. Macaronéana, ou Mélanges de littérature macaronique des différents peuples de l'Europe, par Octave Delepierre. *Paris,* 1852. In-8, demi-rel. v. f.

334. Histoire maccaronique de Merlin Coccaie, prototype de Rabelais (trad. du latin macaronique de Th. Folengo). *Paris, P. Pautonnier,* 1606. In-12, v. f.

Exemplaire préparé pour une seconde édition, avec des corrections, une préface et des notes manuscrites. Sur le premier feuillet de garde on lit : « J'ai lu par l'ordre de M. le garde des sceaux l'Histoire macaronique de Merlin Coccaie, etc. Paris, ce 16 mars 1725. *Blanchard.* »

335. Antonius de Arena provincialis de bragardissima villa de Soleriis ad suos compagnones, etc. Nova novorum novissima, sive Poemata stylo macaronico conscripta, etc. *Stampatus in Stampatura Stampatorum,* 1670. In-12. demi-rel. bas. f.

336. Antonius de Arena provençalis de bragardissima villa de Soleriis ad suos compagnones qui sunt de persona friantes, bassas dansas et branlos practicantes, novellos perquam plurimos mandat. *Londini, s. a.* (1758). Pet. in-8, v. fil.

4. *Poètes français.*

A. Anciens Poètes français.

337. De l'Etat de la Poésie française dans les XIIe et XIIIe siècles. par Roquefort-Flaméricourt (J.-B.-C.) *Paris,* 1815. In-8, broché,

338. Poésies de Marie de France, poète anglo-normand du XIIIe
siècle, publiées d'après les manuscrits de France et d'Angleterre, etc., par B. de Roquefort. *Paris,* 1820, 2 vol. in-8, avec
2 fig. bas. granit.

339. Nouveau Recueil de contes, dits, fabliaux et autres pièces
inédites des XIIIe, XIVe et XVe siècles, publ. par Ach. Jubinal.
Paris, 1842, 2 vol. in-8, br.

340. Poésies françaises d'Alione d'Asti, composées de 1494 à
1520, publiées pour la première fois en France, avec une notice
biographique et bibliographique, par J.-C. Brunet. *Paris, Silvestre,* 1836. In-8, br.

Tiré à 108 exemplaires.

341. Poésies anciennes contenant : La Chasse du cerf des cerfs,
par Gringore; le Cry et Proclamation publiques, pour jouer le
mystère des actes des apostres en la ville de Paris...; Lyon
marchant, satyre françoise; le Las d'amour divin; les Faits merveilleux de Virgile ; le Mariage des quatre Fils Aymon; les Ditz
et Ventes d'amour ; la Vie et Trespassement de Caillette. 7 pièces en 1 vol. In-8, chagrin bleu, tr. dor. (*Closs.*)

Réimpressions figurées, tirées à 42 exemplaires. (Chez Pinard, 1829 à 1833.)

342. Les Œuvres de Clément Marot, reveües et corrigées de nouveau. *Rouen, Raphael du Petit-Val,* 1607. In-12, v. f. fil. tr.
dor. v.

343. Œuvres de Clément Marot, revues sur plusieurs manuscrits
et sur plus de 40 éditions, avec les ouvrages de Jean Marot, son
père, etc. (Publ. par Lenglet du Fresnoy). *A La Haye, Gosse et
Neaulme,* 1731. 6 vol. in-12, v. brun.

344. La Patenostre des Verollez avec leur complainte contre les
Médecins (en vers), vers 1530. *Paris, impr. de Crapelet,* 1849.
In-16.

Réimpression tirée à 57 exemplaires.

345. Œuvres poétiques de Mellin de Saint-Gelais. Nouv. édition,
augmentée d'un très grand nombre de pièces latines et françoises. *Paris,* 1719. Pet. in-12, v.

346. Le Discours de la Court (par Gentillet). *Paris, de l'imprimerie
de Philippe Danfrie et Richard Breton, rue Saint-Jacques, à l'Es-
crevisse,* 1558. In-8 de 40 ff. chiffr. le dernier blanc. demi-rel.
v. fauve.

En caractères dits de civilité. Le titre a été refait à la main.

347. Le Second Enfer et autres Œuvres d'Estienne Dolet, précédé
de sa réhabilitation, par Aimé-Martin. *Paris, Techener,* 1830.
2 vol. in-12, pap. façon de Hollande, demi-rel. v. fauve, nerfs
et coins, non rogné.

Tiré à 120 exemplaires.

D.-B.   3

348. Recueil de Poésies calvinistes, 1550-1566, publ. par P. Tarbé. *Reims*, 1866. In-8, pap. vergé, br.

349. Œuvres de P. de Ronsard, augmentées de plusieurs poésies, redigées en 5 tomes. *Lyon, Th. Soubron*, 1592, 5 vol. in-12 d'inégale grandeur, v.

350. Les mêmes œuvres, avec les commentaires de Richelet. *Paris, Nic. Buon*, 1604. 5 vol. in-12 d'inégale grandeur, v.

350 *bis*. Autre ex. *Paris, S. Thiboust*, 5 vol.

351. Les Œuvres de François de Joachim du Bellay, reveües et de nouveau augmentées de plusieurs poésies non encore auparavant imprimées. *Rouen, Georges L'Oyselet*, 1592. Pet. in-12, portr. ajouté, mar. rouge, tr. dor. rel. anc. fatiguée.
Le bas du titre raccommodé dans la marge.

352. Les Œuvres et Mélanges poétiques d'Estienne Jodelle, reveües et augmentées. *Paris, Nicolas Chesneau et Mamert-Patisson*, 1583. In-12, demi-rel. v. f.

353. Les Pseaumes de David mis en françois par Ph. Des Portes, avec quelques cantiques de la Bible et autres œuvres chrestiennes et prières du mesme autheur. *Paris, Mamert-Patisson*, 1601. Pet. in-12, v. f. fil.

354. Œuvres du Saluste du Bartas, reueues et augmentées par l'auteur. *S. l.* (Genève) *Par Guillaume de Laimarie pour Jacques Chouet*, 1581. In-8, fig. v.
A la suite se trouve la 15e édition de la Sepmaine. *J. Chouet*, 1581.
Il manque un feuillet au dernier index.

355. Première Sepmaine ou Création du monde. La Seconde Sepmaine, etc., par Saluste du Bartas. *Rouen, Raphael du Petit-Val*, 1608. 2 vol. pet. in-12, vél.

355 *bis*. La seconde Semaine, etc., *S. l.* (Genève), *pour Michelle Nicod*, 1601. Avec la suite des œuvres. *S. l.* (Genève), *pour Jacques Chouet*, 1601. In-12, vél.

356. Les Omonimes, satire des mœurs corrompues de ce siècle, par Ant. du Verdier. *A Lyon, par Antoine Gryphius*, 1572. In-4 de 12 ff. demi-rel. mar. citron.
Exemplaire maculé par un lavage maladroit.

357. Le Plaisir des Champs, divisé en quatre parties, selon les quatre saisons de l'année, où est traicté de la chasse, et de tout autre exercice récréatif, honneste et vertueux. *Paris, Nicolas Chesneau*, 1583, in-4, vél.
Première édition, exemplaire grand de marges. Deux feuillets (pages 231 à 234) manquent.

358. Le Grand Miroir du monde, par Joseph Duchesne, sieur de la Violette. *A Lyon, pour Barthélemi Honorat*, 1587. In-4, demi-rel. bas. noire.
Grand de marges ; les signatures Bij et Biij (pages 195-198) manquent.

359. Les Cantiques du sieur de Valagre et les Cantiques du sieur
de Maisonfleur (et les Quatrains de Pybrac). *Paris, Mathieu
Guillemot,* 1587. Pet. in-12, vél.

360. Sonnetz sur la corruption et la malice de ce temps (contenant 24 sonnetz contre la Ligue). (*S. l.*) 1590. Pet. in-8, 8 ff.
demi-rel. coins de mar. bleu. (*Capé.*)

Raccommodages au titre et au dernier feuillet. Un mot manque à la dernière ligne
du recto.

361. La Colombière et Maison rustique de Philibert Guyde, dit
Hegemon; l'Abeille françoise; Fables morales et autres poésies, et les Louanges de la vie rustique. *Paris, Jamet Mettayer,*
1583, pet. in-8, demi-rel. bas.

Titre coupé, notes marginales rognées et piqûre de ver dans la marge du fond.

362. La Henriade et la Loyssée, par Sébastien Garnier, seconde
édition. *Sur la copie imprimée à Blois, chez la V⁰ Gomel,* 1594 *et*
1593. *Paris, Musier,* 1770. In-8, v.

363. Les Loyales et Pudicques Amours de Scalion de Virbluneau.
Paris, Jamet Mettayer, 1599, pet. in-12, fig. demi-rel.

Poëte très rare. Titre allongé dans la marge du bas. La signature A 5 et 3 feuillets à la fin du volume manquent.

364. Recueil de quelques vers amoureux (par Jean Bertaut). *A
Paris, par la V⁰ Mamert-Patisson,* 1602. Pet. in-8, demi-rel.
bas.

Première édition. L'exemplaire bien conservé, est incomplet des feuillets 20 et
21.

365. Le Sireine, de M. Honoré d'Urfé. *Paris, Jean Micard,* 1611.
Pet. in-8, 110 ff. v. f. (*Taché et raccommodé.*)

366. Les Livres de la Christiade et Divers autres Poëmes et Vers
chrétiens, d'Ant. de la Puiade. *Paris, Robert Fouet,* 1604. Pet.
in-12.

Titre photographié.
Parmi les poésies qui suivent *la Christiade,* se trouvent des *Stances sur les OEu-
vres chrestiennes de demoiselle Catherine de la Moyssie veufue du feu seigneur
d'Aspremont « sortir,* dit La Pujade, *du généreux estoc du docte La Boitie* (sic). »

367. Œuvres de Regnier. *Genève* (*Cazin*), 1777. 2 vol. in-24. br.

368. Œuvres de Math. Regnier. *Genève* (*Cazin*), 1777. 2 vol. in-24,
fig. v. éc. fil. tr. dor.

4. *Poètes français depuis Malherbe.*

a. Poésies de divers genres.

370. Les Délices de la poésie françoise ou Dernier Recueil des plus
beaux vers de ce temps. *Paris, Toussainct du Bray,* 1621. In-8.
de 1180 pp. v. m.

Quelques piqûres.

371. Recueil des plus beaux vers de Messieurs de Malherbe, Racan, Maynard, Bois-Robert, Monfuron, Lingendes, Touvant, Motin, de l'Estoille. *Paris, Pierre Métayer*, 1638. Pet. in-8, 930 pp. v. m.

372. Paraphrase des psaumes graduels, par Fr. Arbaud de Porchères. *Paris, Aug. Courbé*, 1633, in-8, vél.

373. Recueil des poésies sur le trespas du roy Henry le Grand, par Guill. Du Peyrat. *Paris, Robert Estienne et Pierre Chevalier*, 1610. In-4, vél.

Manque le titre et le portrait de Marie de Médicis.

374. Les Œuvres du sieur de Saint-Amant. *Paris, Toussaint Quinel*, 1643. In-4, v. f. fil. (*Rel. fat.*)

Ce volume est ainsi composé : Prem. part. 255 pp. 1642. — Suite de la prem. part. 1642, 75 pp. — Caprice, 6 pp. *S. l. et an.*, plus 2 ff. blancs, — Epitre héroïcomique à Monseign. le duc d'Orléans. 1644, 22 pp. — Deuxième partie, 140 pp., 1643. — Troisième partie, 1649, 134 pp.
Bel exemplaire bien conservé.

375. Œuvres d'Adam Billaut. *Pars, Hubert*, 1806. In-12, bas. rac.

376. Poésies diverses de Brebeuf. *Rouen et Paris, Ant. de Sommaville*, 1662. — Entretiens solitaires (par le même). *Paris, Ant. de Sommaville*, 1640. In-12, v.

377. Poésies galantes et héroïques de Tristan l'Hermite. Et autres pièces curieuses sur différents sujets enrichis de figures. *Paris, J.-Bapt. Loyson*, 1663. In-4, portr. v. (*Rel. anc.*)

378. Les Œuvres poétiques de Beys. *Paris, Toussain et Quinet*, 1652. In-4. front. gravé, v.

379. Poésies et lettres de M. Dassoucy, contenant diverses pièces héroïques, satiriques et burlesques. *A Paris, J.-Bapt. Loyson*, 1653. In-12, mar. bl. fil. tr. dor.

380. Le Paradis terrestre ou Emblêmes sacrez de la solitude. *Paris, J. Hénault*, 1655. —La Chartreuse ou la Saincte Solitude, par M. Perrin. *Paris, J. Hénault*, 1655. In-12, fig. v. éc.

381. Œuvres galantes en prose et en vers de M. (l'abbé) Cotin. *Paris, Estienne Loyson*, 1663. 2 tom. en 1 vol. pet. in-12, demi-rel. bas.

Le sonnet à la princesse Uranie se trouve à la page 386 et l'épigramme *sur le carrosse de couleur amaranthe*, page 443.

382. Œuvres galantes, en prose et en vers, de M. Cotin. *Paris, Estienne Loyson*, 1663. 2 vol. pet. in-12, rel. en 1, demi-rel. bas. fauve.

383. Recueil des énigmes de ce temps (pub. par l'abbé Cotin). *Paris, Estienne Loyson*, 1661. 3 parties en 1 vol. in-12, demi-rel. bas. verte.

384. Recueil de quelques pièces nouvelles et galantes, tant en
prose qu'en vers. *Cologne, Pierre Marteau (Amsterd., D. Elzevier)*, 1667. Pet. in-12. v. fauve.

Hauteur . 124 millimètres.

385. Les Œuvres de Monsieur de Montreuil. *Paris, Louis Billaine,*
1666. In-12, portr. v.

386. Préceptes galans, poëmes, par L. Ferrier de la Martinière
(d'Avignon). *Paris, Claude Barbin*, 1678. Pet. in-12, v.

387. Recueil de poésies. Extrait des Œuvres de J. Racine,
J.-B. Rousseau, Madame Deshoulières et autres. Imprimé à
l'Imprimerie royale par ordre du comte d'Artois, pour l'éducation de ses enfans. *Paris, Debure, s. d.* (1785). Gr. in-4, br. non
rogné, 52 ff.

« Il n'a été tiré de ce recueil qu'un très petit nombre d'exemplaires, *et ils ne se*
« *sont point vendus.* Notre exemplaire est un des dix avec titre et table. »
Toutes les pages sont encadrées.

388. Poésies de La Monnoye (Bernard) avec son Éloge, publiées,
par M. de S*** (de Sallengre). *La Haye, Levier*, 1714. In-8, v.

389. Poésies de Saint-Pavin et de Charleval. *A Amsterdam (Paris)*,
1759. 2 tom. en 1 vol. pet. in-12, demi-rel. v.

390. Poésies de Lalane et du marquis de Montplaisir. *A Amsterd.*
(Paris), 1759. 2 tom. en 1 vol. pet. in-12, demi-v.

391. Œuvres d'E. Pavillon, considérablement augmentées. *Amsterdam, Chatelain*, 1750. In-12, vignettes, v. fauve, fil.

392. Poésies de Madame Deshoulières, augmentées dans cette
dernière édition d'une infinité de pièces qui ont été trouvées
chez ses amis. *Paris, Jean Villette*, 1725, 4 tomes en 1 vol.
in-8, portr. v. granit.

393. Œuvres choisies de Madame et Mademoiselle Deshoulières.
Londres (Cazin), 1780. 2 tomes en 1 vol. in-24, portr. v. éc.
tr. dor.

394. Les Cinq Fleurs de la Grâce, contenant le chef-d'œuvre de la
Nature et de la Grâce dans la divine Marie, mère de Dieu, etc.
par Catherine Lévesque. *Paris, veuve Mauger*, 1683. In-8, v. rel.

Non mentionné dans le *Manuel* qui ne signale de ce poète que les *Trois Fleurs
de lys spirituelles, de la ville de Péronne.*

395. Billets en vers, par N. de Saint-Ussaus. *Paris, Guignard et
Foucault*, 1688. In-12, v.

396. Recueil de poésies anciennes et modernes : avec plusieurs
pièces en vers sur l'expédition du roi Guillaume III, en Angleterre, etc. *A Deventer, chez les héritiers de Jean l'Enclume*, 1700.
In-12, demi-rel. bas. (*Rare.*)

Poésies satiriques. On y remarque, pages 35 à 50, une pièce curieuse intitulée :

« *Différend entre un particulier et les marguilliers de la paroisse Saint-Paul, tou-*
chant les parties de l'enterrement de sa femme. »
Le mari indigné du prix qu'on lui demande, dit :
Il fait cher mourir à Paris...
Deux mille francs, la somme est forte !
J'aimerais, ma foi, presque autant
Que ma femme ne fût point morte.

397. Poésies du marquis de La Fare. Nouvelle édition considérablement augmentée. *Amsterdam, J.-E. Bernard*, 1755. In-12,
v. éc.

398. Poésies spirituelles où l'on apprend à s'élever à Dieu. Nouvelle édition, augmentée par l'auteur (Fr. Malaval). *Cologne,
J. de la Pierre (Amsterdam)*, 1714. In-8, fig. vél.

399. Les Deux Harangues des habitants de la paroisse de Sar-
celles, à Monseig. l'archevêque de Paris et Philotanus, revû
et corrigé (par Jouin et Grécourt). *Aix. J.-B^te Girard*, 1731.
In-12, fig. v.

Dans le même vol., le *Porte-feuille du Diable*, etc. et autres pièces sur le même
sujet, 1732.

400. Œuvres diverses de J. Scopon. *Lahaye, Charles le Vier*, 1728.
Petit in-8, v. granit.

401. Poésies choisies de Gresset. *Paris, stéréotypie d'Héran*,
an XI-1802. Gr. pap. vél. cart. non rogné.

« L'une des plus jolies éditions qui aient été faites en stéréotypie. » (Renouard.)

402. Œuvres de Gentil Bernard. Seule édition complète, et la
première faite sur les manuscrits autographes de l'auteur la
plupart inédits (publ. par Fayolle). *Paris, Buisson, an XI*
(1803). 2 vol. in-8, v. rose.

403. Œuvres de Malfilâtre. *Paris*, 1822. In-18, gr. pap. vél. fig.
av. la lettre et au bistre, non rogné, demi-rel. mar. bleu.
(*Thouvenin.*)

404. Œuvres complètes de Gilbert. *Paris*, 1806. In-8, portr. bas.
fil. tr. dor.

405. Mérard-Saint-Just (S.-P.). Lettre en prose et en vers à
Madame Julie D. Ch..... ck de R..... Troisième édit. (*Paris*),
1794. In-18, br.

406. Essais en vers et en prose, par Rouget de l'Isle. *Paris,
Didot l'aîné*, 1796. In-8, pap. vél. v. j.

Dans le même vol. : Œuvres de C. Stanislas de Bouflers. *Paris.*

407. Œuvres de Lebrun (Ponce-Denis Écouchard), mises en ordre
et publiées par P.-L. Ginguené. *Paris, Gabriel Warée*, 1811.
4 vol. in-8, portr. demi-rel. mar. r.

408. Œuvres de Millevoye, précédées d'une notice biographique
et littéraire par de Pongerville. *Paris, Furne*, 1835. 2 vol.
in-12, fig. demi-rel. v. viol.

409. Conseils à une femme, sur les moyens de plaire dans la conversation ; suivis de Poésies fugitives, par Mlle Sivry de Vannoz. *Paris, Michaud frères,* 1812. Gr. in-12, pap. vél. demi-rel. mar. r.

b. Poèmes héroïques, héroï-comiques, didactiques, etc.

410. Charlemagne, poème héroïque, par Louis Le Laboureur. *Paris, L. Billaine,* 1664. In-8, v.

411. La Pucelle ou la France délivrée, par Chapelain. *Sur l'imprimé, à Paris, chez Augustin Courbé,* 1657. In-12, frontispice gravé, v.

412. Saint Louys, ou la Sainte Couronne reconquise, poème héroïque, par le P. P. Le Moyne. *Paris, Thomas Jolly,* 1666. In-12, demi-rel. v. f.

413. Œuvres poétiques de Jacques de Coras. *Paris, Charles Angot,* 1665. In-12, fig. v.

414. La Madeleine au désert de la Sainte-Baume en Provence, poème spirituel et chrétien, par le P. P. de Saint-Louis. *A Lyon, J.-B. et Nic. de Ville,* 1700. In-12, bas.

415. La Belle au bois dormant, poème en six chants, en vers libres, par Mme M****. *S. l.* 1777. Pet. in-8, demi-rel. mar. rouge.

Exempl. Pixérécourt.

416. La Pucelle, poème, suivi des Contes et Satires de Voltaire. (*Kehl*), *de l'imprimerie de la Société littér. typograph.,* 1789. Gr. in-4, pap. vél. v. brun, dent.

Aux 21 figures de Moreau de l'édition, on a ajouté la suite des 22 gravures de Monsiau et Marillier avant la lettre. (Celle du chant XVII est avec un nouveau cadre, et six sont remontées.) On y a joint en outre les portraits de Charles VII, de Jeanne d'Arc, de Dunois et d'Agnès Sorel.

417. La Guzmanade ou l'Établissement de l'Inquisition, poème en 12 chants (attribué à Mirabeau). *Amst.,* 1778. In-8, demi-rel. bas. r.

A la suite : La Papesse Jeanne, poème en dix chants (par Bordes). *Lahaye,* 1776.

418. L'Anarchie en 1791 et 1792, poème, suivi de la Mort de Robespierre, drame en 3 actes et en vers, publié le 9 thermidor an IX, avec des notes (par Sérieys). *Paris,* 1802. In-8, demi-rel. bas.

419. La Pétrissée ou Voyage de Sire Pierre en Dunois, badinage en vers, où se trouve entr'autres la conclusion de la nouvelle Héloïse (par P. de Bullioud). *Lahaye (et Paris, Cailleau),* 1763. In-12, front. gravé, v. marbr.

420. Amusemens rapsodi-poétiques contenant le Galetas, Mon Feu, les Porcherons, poème en VII chants et autres pièces. *A Stenay, chez J.-B. Mouraut*, 1773. Pet. in-8, vél. vert.

421. Les Sens, poème en six chants (par M. de Rozoi). *Londres (Paris)*, 1767. In-8, front. gravé, 8 fig. vignettes et culs-de-lampe d'Eisen et de Wille, v. m. (*Taché.*)

422. Le Génie de l'homme, poème par Chênedollé. 4ᵉ édition revue et corrigée. *Paris, Ch. Gosselin*, 1826. In-18, mar. bleu à compart. tr. dor. (*Simier.*)

423. L'Art de peindre, poème, avec des réflexions sur les différentes parties de la peinture, par Ch. H. Watelet. *Paris, Guérin et de la Tour*, 1760. Pet. in-8, fig. v. marbré.

424. La Reliure, poème didactique en six chants, par Lesné. *Paris, Lesné, relieur*, 1820. In-8, vél.

Exemplaire non rogné, avec envoi autogr. de l'auteur à M. Aimé-Martin. Plus la lettre d'envoi et un article sur le poème de Lesné, manuscrit autogr. d'Aimé-Martin.

425. L'Art de dîner en ville à l'usage des gens de lettres, poème en quatre chants, par Colnet. *Paris*, 1810. In-8, pap. fort. bas. marbré.

426. L'Art de fumer ou la Pipe et le Cigare, poème en trois chants, par Barthélemy, suivi de notes. *Paris*, 1844. Gr. in-8, pap. vél. demi-rel. mar. rouge.

427. Parapilla et autres Œuvres libres et galantes de M. B*** (Bordes). Edition considérablement augmentée et faite sur les manuscrits de l'auteur. *A Florence (Lyon)*, 1784. In-24, v. m. fil. tr. dor. fig.

428. La Dunciade, poème par Palissot. Nouv. édit. revue, corrigée et augmentée de deux nouveaux chants ; suivi de Mémoires pour servir à l'Histoire de notre littérature. *Londres*, 1773. 2 tom. en 1 vol. in-8, v. f. fil.

429. Poème macaronique en forme de déclaration de guerre à tous méchans payeurs et gens de mauvaise foi, par Margueré, etc. *Paris*, 1783. In-8, 305 pages, br.

430. Diabotarus, ou l'Orviétan de Salins, poème héroï-comique, par Cl. Marie Giraud, traduit du Languedocien. *A Paris, Delaguette*, 1749. In-12, v. marbré.

431. L'Esculapédie, poème divisé en huit chants, par Du Saillant. *A Amsterdam (Paris)*, 1757. In-8, br.

432. L'Inoculation, poème en quatre chants, par l'abbé Roman. *A Amsterdam et se trouve à Paris, chez Lacombe*, 1773. In-8, fig. v. marbr.

433. La Luciniade, par Sacombe. 4ᵉ édit. *A Nismes, chez l'auteur*, 1817. In-8, demi-rel. bas. verte.

434. La Guerre des Médecins, poème en quatre chants, par un malade (J. Morlent). *Paris (Rouen)*, 1829. In-12, br.

Seul exemplaire sur papier de couleur.

435. La Pr.....de (Procopiade) ou l'Apothéose du docteur Pr...pe (Procope) (par Giraud). *Londres (Paris), chez Vaillant*, 1754. In-12, demi-rel. toile.

436. L'Art iatrique, poème en quatre chants, ouvrage posthume de M. L.-H.-B.-L., docteur régent de la Faculté de médecine. *A Amiens et se trouve à Paris aux écoles de Médecine*, 1776. In-12, demi-rel. v. vert, non rogné avec la clé au bas des pages.

437. L'Allée de la Seringue ou les Noyers, poème hérosatirique en quatre chants, par E. Lenoble. *A Francheville. chez Eugène Aléthophile*, 1691. In-12, bas. tr. dor.

c. Fables, Contes, Satires, Poésies burlesques, Chanson, etc.

438. Fables inédites des XIIe XIIIe et XIVe siècles, et Fables de la Fontaine rapprochées de celles de tous les fabulistes, précédées d'une notice par A.-C. Robert. *Paris*, 1825. 2 vol. in-8, fig. demi-rel. mar. rouge.

439. Fables de la Fontaine, édition miniature. *Paris, Laurent et Deberny*, 1850. In-64, mar. r. fil. tr. dor. compart. tabis, dans un étui. (*Despierres*.)

440. Recueil de Fables diverses par M[***] (de Calvières). *Paris, Didot l'aîné*, 1792. In-18, pap. vél. v. rose, fil. tr. dor.

Édition tirée à 60 exemplaires.

441. Trois cens fables en musique, dans le goût de M. de la Fontaine, sur des airs connus, vaudevilles, menuets, rondeaux et autres, en 6 livres. *Liège, Desoer, s. d.* 2 vol. in-8, musique notée, v. marbr.

442. Essai de fables nouvelles, suivies de Poésies diverses et d'une Epitre sur les progrès de l'Imprimerie, par Didot fils aîné (P. Didot). *Paris, imprimé par Franç.-Ambroise Didot l'aîné, avec les caractères de Firmin son deuxième fils*, 1786. In-18, pap. vél. bas.

443. Fables d'A.-B. Vigarosy. *Foix et Paris, Louis Janet*, 1832. In-18, v. gaufré, fil. tr. dor.

444. Poésies diverses contenant des Contes choisis, Madrigaux, Épigrammes et Sonnets, par Baraton. *Paris, Delespine*, 1705. In-12. v.

445. Recueil des meilleurs Contes en vers, par la Fontaine, Voltaire, Vergier, Grécourt, Piron, La Monnoye, etc. *Londres (Liège,*

Cazin), 1778. 4 vol. in-18, fig. de Duplessis-Bertaux, mar. r. fil. tr. dor. (Le 4ᵉ vol. est en v. granit.)

Quelques taches.

446. Contes nouveaux et Nouvelles nouvelles en vers, par M. Pajon. *A Anvers*, 1756. Pet. in-8, v. marbr.

447. Sacy (Le Maître de), les Enluminures du fameux almanach des jésuites intitulés : *La Déroute et la Confusion des Jansénistes ou Triomphe de Molina sur saint Augustin*, etc. *S. l.*, 1654. In-8, v.

447 *bis*. Debonnaire (l'abbé). Essai du nouveau conte de ma mère l'Oye, ou les Enluminures du jeu de la constitution (en vers), *S. l.*, 1722. In-8, v.

448. Le Nouveau Juvénal satirique pour la réformation des mœurs et des abus de notre siècle, dédiée à M. le duc d'Orléans, régent. *A Utrecht, chez Antoine Schouten*, 1716. In-12, bas.

Même ouvrage que les *Discours satiriques et moraux*, par L. Petit. *Rouen*, 1686. In-12.

449. Les Philippiques de Lagrange-Chancel, odes enrichies du portrait de l'auteur, corrigées sur l'original et augmentées d'excellentes pièces fugitives, etc. Publié par les soins du fils de l'auteur. *Bordeaux, Puynesq, an V*, 1797. In-8, demi-rel. bas.

450. Les Mécontens du bas clergé, ou Vers badins et satiriques sur le partage trop inégal et trop disproportionné des biens de l'Église, par M. H. *Amsterdam*, 1757. In-12, parchem.

451. Épigrammes du sieur (Guillaune) Colletet, avec un discours de l'Épigramme. *Paris, J.-B. Loyson*, 1653. Pet. in-12, demi-bas.

452. La Ville de Paris, en vers burlesques, par Berthaud, augmentée de la Foire Saint-Germain, par le sieur Scarron. *Troyes, Jean Oudot, s. d.* (1705). Petit in-12, demi-rel. mar. puce.

453. Tracas de Paris, en vers burlesques... Et diverses autres descriptions plaisantes et récréatives (par Fr. Colletet.) *Troyes, Paris, veuve Oudot, s. d.* (privilège de 1714). Pet. in-12, demi-rel. m. bleu.

454. L'Ovide bouffon ou les Métamorphoses travesties, en vers burlesques (par E. Richer.) *Paris, Étienne Loyson*, 1667. In-12, v. f.

455. L'Homère travesti ou l'Illiade en vers burlesques, ornée de figures en taille-douce (par Carles de Marivaux). *Paris, Prault*, 1716. 2 vol. pet. in-12, fig. v. m.

456. Recueil de Chansons d'André de Rosières et de Chancy. Pet. in-8, musique gr. vélin.

Ce vol. contient : 1° IV livres des Chansons de sieur de Chancy. *Paris, Robert*

Ballard, 1651. 2° V livres des Chansons du sieur de Chancy. 1655. 3° II livres des Libertez d'André de Rosières. *Paris, Ballard* 1649. 4° III livres des Libertés, etc., 1652. 5° IV livres id. 1655. 6 V livres id. 1654.

457. Recueil de Chansons choisies, de M. de Coulanges. Seconde édit. revûe, corrigée et augmentée. *Paris, Simon Bénard*, 1698. 2 vol. in-12, v.

458. Mémoire pour servir à l'histoire des couplets de 1710 (attribués à Rousseau). *Bruxelles, Frix*, 1752. Pet. in-12, vél.

459. Recueil de Chansons, couplets satiriques, critiques, poèmes, fables et autres manuscrits de la fin du XVIIᵉ siècle. In-4, v.

459 *bis*. Recueil de Chansons (érotiques, badines, etc., etc.) Pet. in-4, manuscrit du XVIIIᵉ siècle, v.

460. Nouveau Recueil des plus beaux airs de cour, contenant plusieurs gavottes, bourées, gigues, vilanelles, courantes, sarabandes, menuets, etc., première partie. *Paris, chez Estienne Loyson*, 1666. Pet. in-12, v.

461. Mes Passe-temps. Chansons, suivies de l'Art de la Danse, poème en 4 chants, calqué sur l'Art poétique de Boileau-Despréaux, par J.-E. Despréaux. *Paris*, 1806. 2 vol. in-8, fig. portr. demi-rel. mar. r. non rognés.

462. Cantiques nouveaux de S. Charles Borromée et de Sainte Catherine d'Alexandrie, tirés d'un manuscrit. *A l'Isle Sonnante, chez Michel Couplet*, 1779. In-8, de 22 pp. figures, broch.

En vers burlesques.

463. Cantiques et Pots-pourris. *Londres (Paris)*, 1789. 2 part. en 1 vol. in-18, front. et 6 fig. avant la lettre, musique, mar. vert, fil. tr. dor. (*Rel. anc.*)

C'est la contrefaçon qui a été faite sous cette date. Les figures sont retournées.

5. *Poètes italiens.*

464. Poeti del primo secolo della lingua italiana. *Firenze*, 1816. 2 vol. in-8, grand papier, demi-rel. cuir de Russie, non rogné.

« Ces deux volumes, les premiers d'un recueil qui n'a pas été continué, renfer-« ment des morceaux de 228 auteurs depuis l'année 1197 jusqu'en 1300. » (Brunet.)

465. Scelte poesie italiane, di Angelo Mazza, Clemente Bondi, Luigi Lamberti, Alessandro Guidi, Aurelio Bertolo, Gherardo de Rossi, Lorenzo Pignotti. *Milano, per Nicolo Bettoni*, 1822. 4 vol. in-16, non rognés, demi-rel. cuir de Russie.

Recueil fort estimé.

466. La Divina Commedia di Dante Aliggieri, col comento di G. Biagoli. *Parigi*, 1818. 3 vol. in-8, demi-rel. cuir de Russie.

467. Dante Alighieri. La Divina Commedia. *Londra, G. Pickering*, 1823. 2 vol. in-48, portr. rel. en toile.

468. L'Ottimo Commento della Divina Commedia, testo inedito d'un contemporaneo di Dante (publicato per cura di Aless. Torri). *Pisa, Niccolo Capurro*, 1827. 3 vol. in-8, gr. pap. vél. portraits de Dante et Béatrice ajoutés.

Commentaire cité par l'Academia della Crusca. Exempl. Boutourlin.

469. Dante Alighieri. La Divina Commedia. Con note di Paolo Costa, da lui per questa edizione nuovamente reviste ed emendate. *Firenze*, 1830. In-18, fig. gr. pap. cart. non rogné.

470. Vita nuova di Dante Alighieri, ridotta a lezione migliore. *Milano, Pogliani*, 1827. In-8, gr. pap. non rogné.

Tiré à 60 exempl. qui n'ont pas été mis dans le commerce.

471. Tutti i Trionfi, carri mascherate o canti carnascialeschi, andati per Firenze dal tempo del magnifico Lorenzo de' Medici, fino all'anno 1559, in questa seconda edizione corretti. *In Cosmopoli (Lucca)*. 2 part. gr. in-8, fig. br.

472. Poesie del Magnifico Lorenzo de'Medici, tratte da testi a penna delle libreria Mediceo-Laurenziana. *S. l. n. d.* (1791). Pet. in-8, demi-rel. v. fauve.

Ces poésies ont été publiées pour la première fois, par W. Roscoe, qui n'a fait tirer de cette édition que 12 exemplaires, pour distribuer à ses amis. (*Man. du libr.* 111, col. 1569).

473. Orlando furioso di L. Ariosto, ornato di varie figure, con cinque canti nuovamente aggiunti, con belle allegorie. *In Lione, appresso Bastiano di Bartholomeo Honorati*, 1556. In-8, à 2 col. fig. sur bois, vél.

474. Orlando Furioso di Lod. Ariosto, secondo l'edizione de M.DXXXII, per cura di Ottavio Morali. *Milano*, 1818. Gr. in-4, à 2 col. demi-rel. mar. vert, non rogné.

Exempl. Boutourlin.

475. Poesie varie, di Lod. Ariosto. Con annotazioni. *Firenze, presso Guisippi Molini*, 1824. In-24, vignettes, gr. pap. nankin, non rogné, mouton bleu maroquiné.

476. Il Floridante di Bernardo Tasso. Con gli argomenti a ciascun canto del signor Antonio Costantino. *Nuovamente stampato in Bologna per Alessandro Benacci*, 1587. Pet. in-4, vél.

477. La Coltivazione di Luigi Alamanni, et l'Api di G. Rucellai, colle annotazioni di Ruberto Tisi sopra li Api. *In Bologna*, 1746. In-4, demi-rel. mar. viol. fil.

478. Il Morgante Maggiore, di Luigi Pulci. *Milano*, 1806. 3 vol. in-8, demi-rel. mar. r. non rogné, doré en tête.

479. Ciriffo Calvaneo composto da Luca de' Pulci a petitione del magnifico Lorenzo de' Medici... *Firenze*, 1834. In-4, impr. sur papier bleu, cart. non coupé.

480. Rime della divina Vittoria Colonna Marchesana di Pescara, di nuove ristampate. *S. l.* 1529. Pet. in-8, v. jaspé.

481. Dubbj amorosi. Altri Dubbj e Sonetti lussuriosi di Pietro Aretino. Edizione più d'ogni altra corretta. *In Roma,* 1792, *nella Stamperia vaticana (Paris, Girouard).* In-12 de 68 pp. demi-rel. mar. r. non rogné.

481 *bis.* Gli stessi. *In Parigi, apresso* (sic) *Giacomo Girouard, nella strada del Fine del mondo. S. d.* (1792). In-18, pap. bleu, v. gr.
Seul exemplaire tiré sur papier de couleur.

482. Le Terza Rime piacevoli di Giovan. della Casa, con una suita delle migliori rime burlesche del Berni, Mauro, Dolce, ed altri autori incerti. *In Benevento,* 1727. In-8, mar. vert, tr. dor. fil. (*Anc. rel.*)

483. Rime di Michelagnolo Buonaroti, raccolte da Michelagnolo suo nipote. *In Firenze, appresso J. Giunti,* 1623. In-4, non rel.
Exemplaire Pinelli.

484. Rime diverse di molti eccellentissimi autori, nuovamente raccolte di Lod. Domenichi. *In Venetia, appresso Gabriel Giolito,* 1549. In-8, vél.

485. Andrea da Bergamo. Delle satire alla Carlona. Libro secundo. *In Venetia, per Alessandro da Viano,* 1566. Pet. in-8, vél.
Exemplaire du poète Maynard avec sa signature.

486. Le Api, di Giov. Rucellai. Il Podere, di L. Tansillo. (*Parma, Bodoni,* 1797). Pet. in-4, pap. vél. bas. non rogné.

487. Rota (Bernardino). Sonetti et Canzoni, con l'egloghe pescatorie, di nuovo con somma diligentia ristampate. *In Vinegia, appresso Gabriel Giolito de' Ferrari,* 1567. Pet. in-8, v.

488. La Gerusalemme liberata di Torquato Tasso, colle osservazioni di Niccolò Ciangulo et di Scipio Gentili. *A Nimes, Michel Gaude; Avenion, Luigi Chambeau, l'anno* 1764. 2 vol. pet. in-8, v. écaille.
La première partie a été imprimée à Nimes et la deuxième à Avignon.

489. La Gerusalemme liberata di Torquato Tasso. *Londra, G. Pickering,* 1822. 2 vol. in-48, cart. en toile.

490. Le Sette Giornate del mondo creato di Torquato. *In Venetia,* 1618. Pet. in-12, fig. vél.

491. Prigione d'Amore, commedia del sign. Sforza Oddi. *In Firenze, Filippo Ginuti,* 1590. In-8, demi-rel. v. f.

492. Moro (Mauritio). I Tre Giardini de' madrigali, con il Ghiaccio, et il Foco d'amore, le Furie ultrici et il Rittratto delle cortigiane. *In Venetia,* 1602. Pet. in-12, vél.
Exemplaire de Maynard avec sa signature.

493. Rime d'Isabella Andreini comica elosa, Academica intenta detta l'Accesa. *In Milano, appresso Girolamo Bordone*, 1605. In-8, v. br.

494. Il Vendemmiatore di L. Tansillo per addietro con improprio nome intitolato Stanze di Coltura, etc. *Sine a. et l.* Pet. in-8, cart.

495. Rime di Luigi Groto cieco d'Hadria, con la Vita dell' autore. *In Venetia*, 1610. 3 parties en 1 vol. in-12, vél.

Exemplaire de Maynard avec sa signature.

496. La Murtoleide fischiate del cavalier Marino, con la Marineide del Mortola. *Francofort, Giov. Beyer*, 1636, Pet. in-12, v. jaspé.

Exemplaire de Maynard avec sa signature.

497. La Nimfa Tiberina del Molza. Novellamente posta in luce con altre sue rime, et de altri diversi autori non più vedute in stampa. *S. l. n. d.* Pet. in-8 de 40 ff. mar. r. fil.

498. Canzonetta nuova sopra il tabacco. *S. l. et a.* Demi-feuille in-4.

499. Poesie toscane di Francesco Redi. *Firenze, presso Leonardo Ciardetti*, 1822. In-8º, demi-rel. parchemin.

Exemplaire unique avec le titre rouge et noir qui fut tiré pour le comte Boutour-lin.

500. L'Eneide travestita del Signor Gio. — Battista Lalli. *In Roma*, 1634. Pet. in-12, vél.

Exemplaire de Maynard avec sa signature.

501. Il Conquisto di Granata, poemo heroico di Gir. Gratiani, con gli argomenti del signor Flaminio Calvi. *In Modana, Bartol. Soliani*, 1650. In-4, vél.

502. La Cleopatra di Gir. Gratiani, poemo. *I. Bologna, per Carlo Zenero*, 1653. Pet. in-12, fig. vél.

503. Bertoldo Bertoldino e cacasenno. *In Dresda, Walther*, 1779. In-8, demi-rel. bas.

504. La Cicceide legitima (di J.-Fr. Lazarelli da Gubbio). *S. l. n. d.* In-12, mar. puce, tr. dor. non rogné.

505. Il Torrachione desolato, di Bart. Corsini. *Londra (Parigi) Marcello Prault*, 1768. 2 vol. pet. in-12, v. f. fil.

506. Il Bardo della Selva Nera, poema epico-lirico, parte prima, di V. Monti. *Parma, co'tipi Bodoniani*, 1806. Gr. in-8, demi-rel. dos et coins de cuir de Russie.

507. Elogio del Marchese Prospero Manara. — Poesie del March. Pros. Manara. — La Bucolica de P. Virgilio Marone in rime ita-

liane del Manara. — Le Georgiche id. *Parma, co'tipi Bodoniani*, 1801. In-8, mout. r. maroq. non rogné. (*Exemplaire Bourtoulin*.)

6. *Poètes anglais, allemands, etc.*

509. An Essay or Man being the first book of ethic Epistles, to Henry V. John L. Bolingbroke, of Al. Pope. *London, by Joh. Wright*, 1734. Gr. in-4, vélin, fil. tr. dor. (*Avec envoi autographe.*)

510. Daphnis ou le Premier Navigateur, traduit de Gessner, par Huber. *Paris*, 1774.

510 *bis*. Hist. amoureuse de Pierre le Long et de sa très honorée dame Blanche Bazu, par B. de Sauvigny. *Londres (Paris)*, 1765. Front. et vign. à l'eau-forte, in-12, v. brun.

511. La Messiade, poème en vingt chants, traduit en français, de l'allemand de Klopstock, par la baronne Carlowitz. Précédé d'un travail par M. Edgar Quinet. *Paris, Charpentier*, 1840. In-12, br.

512. Anthologie russe, suivie de Poésies originales, par J.-E. Dupré de Saint-Maur. *Paris*, 1823. In-8, broché.

513. Anthologie érotique d'Amarou, texte sanscrit, traduction, notes et gloses, par A.-L. Apudy (Chezy). *Paris, Dondey-Dupré*, 1831. Gr. in-8, de XII et 96 pp. demi-bas. verte, non rogné.

Tiré à petit nombre.

IV. THÉATRE.

1. *Poètes dramatiques grecs et latins.*

514. Heinsii (Dan.) de Tragœdiæ constitutione liber. *Ludg. Batav., ex offi. Elsev.*, 1643. Pet. in-12, vélin.

Hauteur : 130 millimètres.

515. Théâtre des Grecs, par le P. Brumoy, nouvelle édition, augmentée, par MM. de Rochefort et du Theil. *Paris, Cussac*, 1787-89. 13 vol. in-8, fig. v. éc.

516. Æschyli tragediæ septem, cum scholiis græcis omnibus, deperditorum dramatum fragmentis, versione et commentario Thomæ Stanley. *Londini*, 1663. In-fol. v. granit.

Cet exemplaire est celui qui servit d'épreuve à Stanley. Les corrections sont toutes de sa main.

Il fut vendu 100 francs à Londres.

517. Æschyli tragœdiæ, Prometheus, Persæ et Septem ad Thebas.

Sophoclis Antigones ; Euripidis Medea, ex optimis exemplaribus emendatæ. (Cura Rich. Fr.-Phil. Brunck.). *Argentorati*, 1779. Pet. in-8, v. f. fil. tr. dor.

518. Eschilo. Tragedie tradotte da Fel. Bellotti, *Milano*, 1821. 2 vol. in-8, v. viol. gr. pap. non rogné, demi-rel.

Exemplaire de Reina avec le billet d'envoi de Bellotti.

519. Tragedie di Sofocle, tradotte da Felice Bellotti. *Milano*, 1813. 2 vol. in-8, demi-rel. v. brun.

520. Euripidis tragediæ septemdecim, ex quib. quædam habent commentaria. *Venetiis*, M.D.III (1503). 2 vol. in-8, mar. r. fil. tr. dor.

Première édition aldine d'Euripide.

521. Euripidis quæ extant omnia : tragœdiæ nempe XX, præter ultimam, omnes completæ; etc., collect. et concin. ab Arsenio Monembasiæ. Opera et studio Josuæ Barnes S. T. B. *Cantabridgiæ*, 1694. Pet. in-fol. vél. gaufr.

522. Euripidis tragœdiæ integræ XIX, fragmenta et epistola, cioè Tragedie di Euripide intere XIX, frammenti ed epistoli greco italiane in versi. Opera del P. Carmeli. *Padova*, 1743-53. 20 part. en 6 vol. in-8, demi-rel. bas. verte.

523. Aristophanis comediæ undecim, græce et latine, collegit et recensuit Ludolphus Kusterus. *Amstelodami*, 1710. In-fol. v. granit.

524. Théâtre complet des latins, publ. par Levée. *Paris, Chasseriau*, 1820. 15 vol. in-8, demi-bas.

525. M. Accii Plauti comœdiæ viginti olim a Joachimo camerario emendatæ, etc., etc. *Antuerpiæ, ex officina Christoph. Pantini*, 1546. In-16, mar. n. fil. tr. dor.

526. M. Acci PLAUTI comediæ superstites XX accuratissime editæ. *Amstel., Lud. Elzev.*, 1652. In-16, v. f.

527. Pub. Terentii comœdiæ sex, ex recensione heinsiana. *Amstel., ex offic. Elzev.*, 1661. Pet. in-12, v. f. fil. à froid.

Hauteur : 132 millimètres.

528. Terentii comœdiæ ad fidem optimarum editionum expressæ. *Edimburgi, apud Hamilton Balfour et Neith*, 1758. In-8, v. fil. tr. dor.

529. Publii Terentii Afri comœdiæ. *Birminghamiæ, typis J. Baskerville*, 1772. Gr. in-4, v. fauve, dent. tr. dor.

530. Tragico-comicæ quæ actiones, a regio artium collegio sociatitis Jesu, datæ Conimbricæ in publicum theatrum auctore Ludovicæ Crucio. *Lugduni, Hor. Cardon*, 1605. In-8, bas.

2. *Poëtes dramatiques français.*

531. Précis de l'art dramatique ou de l'Art de composer et exécuter les pièces de théâtre, par Viollet-Le-Duc. *Paris*, 1832. In-18, mar. r. jans. tr. dor. (*Kœther.*)

532. De l'Art du théâtre, où il est parlé des différents genres de spectacles et de la musique adaptée au théâtre (par Nougaret). *Paris*, 1769. 2 vol. in-12, v. m.

533. Recherches sur les théâtres de France, par M. de Beauchamps. *Paris*, 1735. 3 vol. pet. in-8, v. m.

534. Dictionnaire portatif, historique et littéraire des théâtres, contenant l'origine des différents théâtres de Paris, le nom de toutes les pièces, etc. Seconde édition, revue, corrigée et considérablement augmentée, par de Léris. *Paris, Jombert*, 1762. 2 part. en 1 vol. in-8, v.

535. Tablettes dramatiques, contenant l'abrégé de l'histoire du théâtre françois, par le chevalier de Mouhy. *Paris, Sébastien Jorry*, 1754. Pet. in-8, v. f.

536. Les Spectacles de Paris ou Calendrier historique et chronologique des théâtres. Dix-huitième partie pour l'année 1769. *Paris*, 1769. 3 vol. in-24, v. f. (avec les années 1761 et 1762, br.)

537. Les Spectacles de Paris et de toute la France, ou Calendrier historique et chronologique des théâtres, etc., 42ᵉ partie pour l'année 1790. *Paris, veuve Duchesne* (1792). In-24, mar. rouge, tr. dor.

Reliure ancienne.

538. Miracle de Nostre-Dame de Robert le Diable, fils du duc de Normandie, à qui il fut enjoint pour ses meffais qu'il fist le fol sans parler, etc. *Rouen*, 1836. In-8, fig. br.

539. Clarigène, tragi-comédie, par P. Du Ryer. *A Paris, chez Anthoine de Sommaville*, 1639. In-4, non relié.

540. Alcionée ou le Combat de l'Honneur et de l'Amour, par P. du Ryer. *Jouxte la copie à Paris*, 1669. Pet. In-12, demi-mar. r.

Elzevier d'Amsterdam.

541. La Sylvie, tragi-comédie pastorale suivie des autres œuvres poétiques de J. Mairet. *Paris, Claude Marette*, 1634. Pet. in-8, demi-rel. v.

542. Cyminde ou les Deux Victimes, tragi-comédie, par Colletet. *A Paris, chez Augustin Courbé et Antoine de Sommaville*, 1642. In-4, non relié.

543. L'Amour tyrannique, tragi-comédie, par G. de Scudéry. *Paris, Aug. Courbé*, 1639. In-4, front. non rel. (*Mouillé.*)

Avec envoi autographe de Scudéry, signé, à la comtesse de Maure.

D.-B.   4

544. L'Amant libéral, tragi-comédie, par Scudéry. *Paris, chez Toussaint Quinet*, 1638. In-4, parch.

545. La Mariane, tragédie du Sr de Tristan l'Hermite. *Paris, Aug. Courbé*, 1637. In-4, vél.

546. Cosroès, tragédie, par Rotrou. *A la Haye*, 1649. Pet. in-12, demi-mar. bleu. (4 p. 5 l.)

Elzevier de Leyde.

547. Théâtre de Guérin de Bouscal, 10 vol. in-4, in-8 et in-12.

Contenant : Don Quixote de la Manche. *Paris, T. Quinet et Ant. de Sommaville*, 1640, première et deuxième partie. — Cléomène, tragédie. *Paris, Ant. de Sommaville*, 1640. — La mort d'Agis, tragédie. *Paris, le même*, 1642. — Le Prince rétabli, tragi-comédie. *Paris, Ant. de Sommaville*, 1647. — L'Amant libéral, tragi-comédie. *Paris, T. Quinet*, 1638. — Le Fils désavoué, tragi-comédie. *Paris, Ant. de Sommaville*, 1642. — Orondate. *Paris, Ant. de Sommaville*, 1645. — La Mort de Brute et de Cassie. *Paris, T. Quinet*, 1652. — Le Gouvernement de Sancho Pansa. *Lyon*, 1657.

548. Théâtre de Quinault, nouv. édit. augmentée et enrichie de figures. *Amsterdam*, 1715. 2 vol. pet. in-12, v. f.

549. Le Baron d'Albikrac, comédie, par Th. Corneille. *Suiv. la copie à Paris (Holl., Elzevier)*, 1670. Pet. in-12, fig. v. f. fil. tr. dor.

Hauteur : 125 millimètres.

550. Le Opere di G. B. P. di Moliere, divise in quattro volumie tradotte da Nic. de Castelli. *In Lipsia*, 1740. 4 vol. in-12, fig. portr. cart.

Comme celles de Leipsie, 1673 et 1698, cette édition contient *la réception*, telle que Molière l'avait écrite dans l'origine et *la scène du pauvre*, de *Don Juan*, en entier.

551. L'Amour médecin, comédie par J.-B.-P. Molière. *Paris, chez Nicolas Le Gros*, 1666, pet. in-12, fig. br.

N° 299, pap. vergé, de la réimpression Louis Lacour.

552. Le Tartufe de Molière, avec de nouvelles notices historiques, critiques et littéraires, par Etienne. *Paris, Panckoucke*, 1824, in-8, br.

553. Elomire hypocondre (*sic*), ou les Médecins vengez, par Le Boulanger de Chalussay, comédie. *Paris, Charles de Sercy*, 1670. Pet. in-12, v. rac.

La figure manque.

554. Amsterdam hydropique ou la Hollande malade. Comédie burlesque (3 a. v.). *Jouxte la copie imprimée à Paris, par Pierre Ponneau*, 1673. In-4, 20 pp. br. non rogné.

Rare.

L'édition signalée dans le catalogue Soleinne (t. III, *Pièces satiriques*, p. 303) porte les indications suivantes : « Par M. P.-V.-C. H. *Paris, Claude Barbin*, 1673, « pet. in-12 de 4 ff. et 52 pp. »

555. Les Plaintes du palais ou la Chicane des plaideurs, comédie,
par J. Denis. *Paris*, *Estienne Loyson*, 1679. In-12, de 4 ff. et
103 pp. non relié.

556. Agamemnon, tragédie. *Paris*, *Théodore Girard*, 1680. In-12,
vélin. — Antigone, tragédie. *Paris*, *Guillaume Cavalier*, 1687.
In-12, vél.
Ces deux pièces sont de Boyer, qui s'est caché sous le nom de Pader d'Assesan.

557. Les Œuvres de M. Pradon. *Paris*, *Pierre Ribour*, 1700.
In-12, bas.

558. Œuvres de Champmeslé. *Paris*, 1715. 2 vol. in-12, v. f.

559. Œuvres de La Fosse. Nouv. édit. revue, corrigée et augmentée de ses poésies diverses. *Paris*, 1747. 2 tomes en 1 vol.
in-12, v. marbr.

560. Œuvres de Campistron. Nouvelle édition corrigée et augmentée de plusieurs pièces. *Paris*, 1739. 2 vol. in-12, v. m.

561. Gustave. Tragédie par Alexis Piron. *Paris*, *aux dépens de
l'auteur*, 1733. In-8, vél.
Édition originale.

562. Œuvres complètes de Belloy (P. Laurent Burette de). *Paris*,
Moutard, 1779. 6 vol. in-8. Portr. v. fauve, fil.

563. Les Philosophes, comédie en 3 actes, en vers, par Palissot
de Montenoy. *Paris*, *Duchesne*, 1760, in-12, v. m.
Dans le même volume :
1° Le Petit Philosophe, comédie en 1 acte, vers libres, par Poinsinet le jeune.
Paris, 1760, in-12, fig.
2° Réponse aux différents écrits publiés contre la comédie des Philosophes, ou
Parallèle des Nuits d'Aristophane, des Femmes savantes, du Méchant et des Philosophes (par de la Marche-Courmont. *S. l.*, 1760.
3° Catéchisme, ou Livre de l'Esprit, à la portée de tout le monde. *S. l.*, 1758.
4° Lettre de l'auteur des Philosophes au public. *Paris, chez l'auteur*, 1760, in-12,
v. marbré.

564. Recueil de pièces. In-12. v.
1° Petites Lettres sur de grands philosophes (par Palissot). *Paris*, 1757.
2° Nouveau Mémoire pour servir à l'histoire des Cacouacs (par Moreau). *Amsterdam*, 1757.
3° Catéchisme et Décisions de cas de conscience, à l'usage des Cacouacs (par
l'abbé de Saint-Cyr). *A Cacopolis* (Paris), 1758.
4° Catéchisme du Livre de l'Esprit, mis à la portée de tout le monde (par l'abbé
Gauchat). *S. l.*, 1758.
5° L'Incrédulité combattue par le simple Bon Sens (par Stanislas Leczinski).
160.

565. Les Eaux minérales, comédie en prose et en 2 actes, composée au printemps de l'année 1778, par Clairville. *Londres*, 1778.
In-8, non rel.

566. Fabre d'Eglantine et Collin d'Harleville. Pièces de théâtre.
In-8, bas. gr.
1° Le Philinte de Molière (c. 5 a. v.). *Paris*, 1791. — 2° L'Intrigue épistolaire

(c. 5 a. v.). *Paris*, 1792. — 3° Le Vieux Célibataire (c. 5 a. v.), par le citoyen
Collin Harleville. *Paris, an II*. — 4° Les Mœurs du jour (c. 5 a. v.), par le même.
Paris, an VIII (1802).

Éditions originales.

567. Charles IX, ou l'École des rois, tragédie par M.-J. de Chénier.
De l'imprimerie de P.-F. Didot jeune, 1790. In-8, v.

Édition originale, ornée de 3 figures de Borel.

568. Tibère, tragédie de J.-M. Chénier. *Paris*, 1819. — Feuille-
ton de M. J. Janin, sur la reprise de Tibère en 1844. — M. J.
Chénier et le prince des critiques, par Félix Pyat. *Paris*, 1844.
— A Félix Pyat, réponse du prince des critiques. *Paris*, 1844.
— Plainte en diffamation par J. Janin contre MM. Félix Pyat
et Grandmesnil. — A Félix Pyat, sur sa condamnation. *Paris*,
1844 (en vers). — M. J. Janin, jugé par lui-même. Pourvoi en
cassation, par F. Pyat. *Paris*, 1844. — Tibère et Serenus,
par M. Fallet. *Toulouse*, 1783. In-8, demi-rel. mar. violet.

Portr. de Chénier, J. Janin et Félix Pyat ajoutés.

569. DELAVIGNE (Casimir). Les Comédiens (c. 5 a., v. prologue).
Paris, 1820. In-8, br. — Marino Faliero (tr. 5 a. v.). *Paris*,
1829. In-8, br. — Don Juan d'Autriche, ou la Vocation (c. 5 a.
pr.). *Paris*, 1836. *(Édit. originale.)* In-8, br.

570. Théâtre d'E. Scribe. *Paris*, 1828. 8 vol. in-8, br.

571. Collot d'Herbois. — 1. Lucie, ou les Parents imprudents
(5 a. p.) drame. *Paris*, 1777. — 2. L'Amant loup-garou (4 a.
p.). *Marseille*, 1778. — 3. Il y a bonne justice, ou le Paysan
magistrat (d. 5 a. p.) imité de Caldéron. *Marseille*, 1778. —
4. Le même ; seule édition conforme à la représentation. *Paris*,
1790. 4 brochures in-8.

572. Drames révolutionnaires, en 1 vol. in-8, demi-rel. bas.

De Flers. Le Réveil d'Épiménide. — Collot-d'Herbois. Les Portefeuilles. — Lavit.
Le Danger de fréquenter un prêtre. — Le même. Le Solitaire de Murcie. — De-
moustiers. Le Divorce, ou le Juge de paix. — (Gamas.). Cange, ou le Commission-
naire de la prison de Lazare. — Charlemagne. Le Souper des Jacobins.

573. Les Peuples et les Rois, ou le Tribunal de la Raison, allégo-
rie dramatique (5 a. p.), par le citoyen Cizos-Duplessis. *Paris*,
seconde année républicaine (1793). In-8, non relié.

574. La Mort de Louis XVI, tragédie, par Aignan et Berthevin,
suivie de son testament et d'une lettre à son confesseur. *Paris*,
1796. In-24, demi-rel. bas. br.

575. Esquisses dramatiques du Gouvernement révolutionnaire de
France, aux années 1793, 1794, et 1795, par Ducancel. *Paris*,
1830. In-8, demi-rel. bas. marbr.

576. CHARLEMAGNE (Armand). Le Souper des Jacobins (c. 1 a. v.).
Paris, an V. In-8, br.

577. Histoire du théâtre de l'Opéra en France, depuis l'établissement de l'Acad. royale de musique jusqu'à présent, par Duret de Noinville. *Paris*, 1753. In-8, v. éc. fil.

578. Le Théâtre italien de Gherardi, ou le Recueil général de toutes les comédies et scènes françoises, jouées par les comédiens italiens du roy. *Amsterd.*, *Charles le Cène*, 1721. 6 vol. in-12, v.

579. Le Nouveau Théâtre italien, ou Recueil général des comédies représentées par les comédiens italiens ordinaires du roy, par L. Ricoboni. *Paris*, *Briasson*, 1729, 2 vol. in-8, fig. v.

580. Le Théâtre de la Foire, ou l'Opéra comique, par A.-René Le Sage. *Paris*, 1721-34-37. 10 vol. in-12, fig. v. marbr.

581. Œuvres de M. Vadé. *Paris*, 1758. 4 vol. in-8, v. porphyre.

582. Œuvres de M. et Mᵐᵉ Favart, leur vie, par lord Pilgrimm ; Mᵐᵉ Favart et le maréchal de Saxe, par Léon Gozlan. *Paris*, *Didier*, 1853. In-12, br.

583. Le Vampire, mélodrame en 3 actes, par Ch. Nodier. *Paris*, 1820, in-8, br.

584. La Prévention nationale, action adaptée à la scène, avec deux variantes qui lui servent de bases, par Rétif de la Bretonne. *A La Haye, et se trouve à Paris chés Régnault*, 1784. 3 vol. in-12, fig. br.

Manque l'estampe des Deux Anglais, t. III, p. 245.

585. Les Soirées de Neuilly. Esquisses dramatiques et historiques (par Dittmer et Cavé). *Paris*, *Moutardier*, 1827-1828. 2 vol. in-8, portr. fac-simile, demi-rel. bas rouge.

586. La Femme docteur, ou la Théologie tombée en quenouille (par le P. Bougeand), comédie dédiée à M. de Montempin. *Liége, chez la veuve Procureur*, 1730. in-12, demi-rel. mar. vert, non rogné.

587. La Faculté vengée (comédie), par M. *** (par La Métrie.) *Paris*, *Quillau*, 1747. In-8, v. fauve (*avec la clef*).

588. Monsieur Cassandre ou les Effets de l'amour et du verd-de-gris, drame en 2 actes et en vers, par M. Doucet. *Londres*, 1775. Br. in-8.

589. La Mort de Bucéphale. Tragédie pour rire et Comédie pour pleurer (1 a. pr.). *A Bucéphale, chez G. Poignard, au grand Phœbus, et se trouve à Toulouse, chez Brouilhet*. 1786. In-8, non relié.

590. Alfonse dit l'Impuissant, tragédie en un acte (par Collé). *A Origénie, chez Jean qui ne peut, au Grand Eunuque*, 1740. In-12, br.

3. *Poètes dramatiques italiens, espagnols, anglais, etc.*

591. Teatro Italiano o sia Scelta di tragedie per uso della scena (raccolto da Scip. Maffei). *In Venezio, Stefano Orlandini*, 1746. 3 vol. in-8, vél. vert.

Exemplaire de Lorenzo Pignotti et portant sa signature,

592. Poesie drammatiche et rusticali, scelte et illustrate con note dal dottor Julio Ferrario. *Milano*, 1812. In-8, pap. vél. cart. n. r.

593. Rucellai (Giovanni). Rosmunda, tragedia, nuovamente ristampata. *In Firenze, appresso F. Giunti*, 1508. In-8, v. f. fil. tr. dor.

594. Il Sacrificio de gl' intronati. Celebrato ne i guiochi d'un carnevale in Siena. Et Gl'ingannoti de i medesimi. *In Venetia per Plinio Pietrasanta*, 1554. In-8, demi-rel. v. vert. (Un peu rogné.)

595. Tragedie di M. Lodovico Dolce cioè Giocasta, Medea, Didone, Ifigenia, Thieste, Ecuba. *Venezia, G. Giolito*, 1560. in-12, vél.

596. Il Granchio, commedia di L. Salviati. Con gli intermedii di Bernardo de Nerlé. *In Firenze*, 1566. In-8, vél.

Première édition, très rare. Bel exemplaire.

597. La Vedova, commedia facetissima di Nic. Buonaparte, cittadino fiorentino, di nuovo stampata e ricorretta. *Parigi, Molini*, 1803. In-8, pap. vél. v. éc.

598. Alessandro, comedia del signor Alessandro Picolomini. *In Venetia, appresso Altobello Salicato*, 1569. pet. in-12, vél.

599. I Morti vivi, comedia di Sforza d'Oddi. *In Perugia, Baldo Salviani*, 1576. Pet. in-8, demi-rel. v. gris.

600. Fiamella, pastorale di Bartol. Rossi. *In Parigi, per Abel l'Angeliero*, 1584. In-4, vél.

Pièce rare, en vénitien et en bergamasque.

601. Aminta favola boschareccia di Torquato Tasso. *Padova, per Valentino Crescini*, 1822. In-4. fig. pap. vél. demi-rel. mar. viol. fil. doré en tête, non rogné.

Édition tirée à 100 exemplaires.

602. Il Pastor fido di Guarini, con una nuova aggiunta. *Amster. Dan. Elsev.*, 1668. In-32, fig, v. f.

603. Le Berger fidèle, traduit de l'italien de Guarini en vers françois (par l'abbé deTorche). *La Haye, Abr. Troyel*, 1702. In-12, v. compart. tr. dor.

604. Filli di Sciro, favola pastorale del conte Guidibaldo de Bona-
relli. *Amsterd., Dan Elzev.,* 1678. In-32, v. f. tr. dorée.

605. Collezione completa delle commedie di Carlo Goldoni. E
Memorie di Carlo Goldoni per l'historia della sua vita et del suo
teatro. *Prato, per i F. Grachetti,* 1819-22. 50 vol. pet. in-8,
pap. vél.

Il manque dans les drames les tomes XII et XIII et dans les comédies le tome II.

606. Tutte le Opere di P. Metastasio . *Firenze, Borghi,* 1832. In-8,
rel. en 2 vol. portr. demi-rel. dos et coins cuir de Russie.

Édition compacte.

607. Tragedie di V. Alfieri et vita scritta da esso. *Firenze, Ciardetti.* 1824. 7 vol. gr. in-8, fig. demi-rel. mar.

608. Tragedie di Vincenzo Monti. *Firenze, Ciardetti,* 1825. In-8,
demi-rel. v. rose.

609. San-Geroni (Fr. Anton. de) Rapresentacio de la Sagrada pas-
sio y mort de nostre Senyor Jesu Christ. Novament corregido
representada en Manresa per alguns devote de aquell divino
misteri, en cote los dijons y festas de la quaresma. *Barcelona,
s. d.* In-4, br. 72 pp.

610. Tragicomedia di Calisto y Melibea (La Celestina). *Sala-
manca,* 1570. In-24, vél.

Quelques piqûres légères.

611. Œuvres complètes de W. Shakspeare, traduites de l'anglais
par Letourneur, nouvelle édition revue et corrigée par M. Gui-
zot et A. Pichot. *Paris, Ladvocat,* 1821. 13 vol. in-8, portr.
demi-rel. v. vert.

612. Chefs-d'œuvre du Théâtre indien, traduits en anglois par
Wilson, et de l'anglois en françois par Langlois. *Paris, Dondey-
Dupré,* 1828. 2 vol. in-8, demi-rel. v. blanc.

613. Théâtre chinois ou Choix des pièces de théâtre, composées
sous les empereurs mongols, traduites pour la première fois
sur le texte original, par Bazin. *Paris, Imprimerie royale,* 1838.
In-8, v.

V. ROMANS.

1. *Romans grecs et latins.*

614. Scriptores erotici Græci, gr. et lat. curante Mitscherlisch.
Biponti et Argentorati, 1792-94. 3 tom. en 4 vol. gr. in-8, br.
non rogné.

615. Les Pastorales de Longus ou Daphnis et Chloé , trad.
d'Amyot revue par Paul-Louis Courier. *Paris ,* 1821. In-8,
demi-rel. v. rose.

616. Gli Amori pastorali di Dafni e Chloe di Longo sofista. Libri quattro; ora per la prima volta volgarizzati da Gasparo Gozzi. *Parigi*, 1781. In-8, tiré sur pap. de Hollande, in-4, demi-rel. veau.

617. Les Amours d'Abrocome et d'Anthia, histoire éphésienne, traduite de Xénophon, par J*** (Jourdan). (*Paris*), 1748. Pet. in-8, fig. v. m.

618. La Luciade ou l'Ane de Lucius de Patras, avec le texte grec revu sur plusieurs manuscrits (par P.-L. Courier). *Paris, impr. de Bobée*, 1818. In-12, pap. vél. br.

619. Imitation du roman grec de Théodore Prodromus par M. de Beauchamps. *S. l.*, 1746. — Histoire du prince Apprius, manuscrit persan, traduction françoise, par M. Esprit, gentilhomme provençal (de Beauchamps). A *la Haye*, 1748. 2 ouvr. en 1 vol. in-12, v. gran.

620. Apuleius (Lucius). Metamorphoseos lib. XI, Floridorum IV, de Deo Socratis I, etc., cum isagogico libro Platonis philosophiæ per Alcinoum, græce. *Venetiis, in ædibus Aldi et Andr. Soceri*, 1521. In-8, bas.

621. Apulcii Metamorphoseon libri undecim ex optimis exemplaribus emendati. *Parisiis, apud Ant.-Aug. Renouard*, 1796. 3 tom. rel. en 2 vol. in-18, v. f. dent. fil. tr. dorée.

622. Petronii Arbitri Satyricon, ejusdemque fragmenta, illustrata J. Bordelotii. *Lugd. Batav., apud Justum Livium*, 1645. Pet. in-12, vélin.

623. Barclaii Satyricon partes quinque cum clave. *Ludg. Batav., apud Elzev.*, 1637. Pet. in-12, v. gris fil.

Hauteur : 126 millimètres.
La première des deux éditions sous cette date.

624. Barclaii (J.) Argenis. *Amstel., ex offic. Elzeviriana*, 1671. Pet. in-12, vélin.

Hauteur : 129 millimètres.

2. *Romans français.*

Romans et contes.

625. L'Astrée, pastorale allégorique, par Honoré d'Urfé, avec la clé. Nouv. édit. où sans toucher ni au fonds ni aux épisodes, on s'est contenté de corriger le langage et d'abréger les conversations. *Paris, P. Witte et Didot*, 1733. 5 vol. in-12, fig. de Gravelot, v. granit.

626. Les Amours des Dieux, par Puget de la Serre, le tout enrichy de figures. *A Paris, Eustache d'Aubin*, 1626. In-8, vélin.

627. Histoire des Amours de Henry IV, avec diverses lettres
écrites à ses maitresses (par la princesse de Conti). *Leyde, Jean
Sambyx (Bruxelles, Foppens)*, 1664. Pet. in-12, v. granit.

L'exemplaire est en mauvais état.

628. Histoire d'Iris et de Daphnis, nouvelle (prose et vers). *Paris,
Cl. Barbin*, 1666. In-12. v.

629. Hattigé, ou les Amours du roi de Tamaran, nouvelle. (Histoire secrète des amours de Charles II, R. d'Angleterre, et de
Milady Castetinaine, duchesse de Cleveland.) *Cologne, Simon
l'Africain*, 1676. In-12, v.

La clef est manuscrite.
Dans le même volume : Le Duc de Guise et le duc de Nemours, nouvelles galantes. *A Cologne, chez Louis Clou-Neuf*, 1684. — Rare.

630. Les Aventures de monsieur d'Assoucy. *Paris, Claude Audinet*,
1677. 2 vol. in-12, reliés en 1, portr. demi-rel. chagr. noir.

631. Pièces galantes, contenant Enguerrant de Marigny, nouvelle.
La trahison est légitime en amour, etc., etc. *Paris, Jean Ribou*,
1676. In-12, v.

632. La Galante Hermaphrodite, nouvelle amoureuse (par de Cha-
vigny). *Amsterdam*, 1683. Pet. in-12, v. br.

633. Le Napolitain ou le Défenseur de sa maitresse, par de Ger-
mont. *Paris, Michel Guérout*, 1690. In-12, v.

634. Le Voyage de Guibray, ou les Aventures des princes de B...
et de C... pièce comique avec l'Histoire du fameux Barry, de
Filandre, et d'Alison. *S. l.* 1704. Pet. in-8, demi-rel. bas. verte.

Rare petit volume. — Barry était un charlatan célèbre dans son temps.

635. Pluton maltôtier, ou la Découverte des intrigues financières et
amoureuses des partisans, par un des plus célèbres de leurs
compagnons, devenu premier ministre de l'état du royaume
de Pluton. *A Rotterdam, chez Robert Strich*, 1709. Pet. in-12,
fig. bas. m.

636. Le Philosophe amoureux, histoire galante, contenant une
dissertation curieuse sur la vie de Pierre Abaillard et celle
d'Héloyse : on y a joint plusieurs lettres d'Héloyse à Abaillard
et les réponses du même, par M. F. Dubois. *Au Paraclet*, 1723.
In-12, v.

637. Histoire de Gil Blas de Santillane, par le Sage, vignettes par
Jean Gigoux. *Paris, Paulin*, 1835. 2 vol. gr. in-8, figures, demi-
rel. mar. brun.

638. LE TEMPLE DE GNIDE, nouvelle édition, avec figures gravées
par N. Le Mire d'après les dessins de Ch. Eisen, le texte gravé
par Drouet. *Paris, chez Le Mire*, 1772, gr. in-8, v. éc. fil. (*Rel.
anc.*)

Frontispice avec le portrait de Montesquieu, titre gravé, vignettes représentant les armes d'Angleterre, sept estampes pour le *Temple de Guide*, et deux pour *Céphise et l'Amour*.

Très belles épreuves avant les numéros, moins celle du chant VI qui est numérotée. La deuxième planche de Céphise a pour légende : « Embrassez-moi, elles croissent ». Cette légende, selon M. Ch. Mehl, *Guide de l'amateur de livres à figures*, se trouvait primitivement avant la suivante qu'on y voit ordinairement : « La chaleur va les faire renaître ».

639. Les Titans ou l'Ambition punie et les Deux Jumeaux, par le baron de Walef. *Liège*, 1725. 2 vol. in-8, fig. rel. en un v. granit, fil.

640. Sethos, histoire ou vie tirée des monumens, et anecdotes de l'ancienne Égypte, par l'abbé Terrasson. *Paris, Guérin*, 1731. 3 vol. in-12, v. fauve.

641. Lettres de la marquise de M*** au comte de R*** (par Crébillon fils). *La Haye*, 1738. 2 vol. pet. in-8, v. m.

642. Les Femmes militaires, relation historique d'une isle nouvellement découverte, enrichie de figures (par Rustaing Saint-Jory. *Paris, chez Didot*, 1750. In-12, 6 fig. gr. par Fessard, br.

643. La Dernière Guerre des bêtes. Table pour servir à l'histoire du xviiiᵉ siècle, par l'auteur d'Abassaï (Mˡˡᵉ Fauque). *Londres, G.-G. Seyffret*, 1758. In-12, veau marbré.

644. Honny soit qui mal y pense, ou Histoire des filles célèbres du xviiiᵉ siècle (par Desboulmiers). *Londres*, 1780. 6 parties en 1 vol. in-12, demi-rel. v. f.

645. Le Compère Matthieu ou les Bizarreries de l'esprit humain (par du Laurens). (*Paris*), *de l'imprimerie de Patris*, 1796. 3 vol. in-8, pap. fin, fig. v. éc. demi-rel. (*Doll.*)

646. Geneviève de Cornouailles et le Damoisel sans nom, roman de chevalerie, par Ch.-J. Mayer. *Londres (Reims, Cazin)*, 1784. In-18, bas. éc. fil. tr. dor.

647. Éléonore de Rosalba, ou le Confessional des Pénitens noirs, traduit de l'anglois, d'Anne Radcliffe (par Mary Gay-Allard). *Paris, Lepetit*, 1797. 8 tomes en 4 vol. in-18, pap. vél. fig. de Queverdo, avant la lettre, mar. bleu fil. tr. dor. (*Lefebvre.*)

Exemplaire de Châteaugiron et de Pixérécourt.

648. Antigone, par Pierre-Simon Ballanche. *Paris*, 1814. In-8, veau semé d'or, large dent. avec fleurs de lis, tr. dor.

649. Histoire du Roi de Bohême et de ses sept châteaux, par Ch. Nodier. *Paris, Delangle frères*, 1830. Grand in-8, pap. vél. vignettes sur bois, demi.-rel. v. bleu.

650. Franciscus Columna, dernière nouvelle de Ch. Nodier, extraite du *Bulletin de l'ami des Arts* et précédée d'une notice par Jules Janin. *Paris, J. Techener*, 1844. Petit in-8, portrait, demirel. v. bleu.

651. Jérôme Paturot à la recherche d'une position sociale, par
Louis Reybaud, édition illustrée par J.-J. Granville. *Paris, Du-
bochet*, 1846. Grand in-8, fig. demi-rel. v. fauve, n. rogné, doré
en tête.

Avec les 32 grandes gravures de Granville.

652. Jérôme Paturot à la recherche de la meilleure des Républiques, par L. Reybaud , édition illustrée par Tony Johannot.
Paris, Michel Lévy frères, 1849. Grand in-8, fig. demi-rel. v. f.
non rogné.

653. Les Cent Nouvelles nouvelles. *A Cologne (Amsterdam), chez
Pierre Gaillard*, 1701. 2 vol. pet. in-8, fig. d'après Romain de
Hooge, mar. citr. dor. genre du Seuil.

Vignettes tirées à part. Exemplaire grand de marges. Quelques cassures et
taches.

654. L'Heptameron ou Histoire des amans fortunez, de Marguerite
de Valois. *Sur l'impression à Paris, chez Jacques Bessin*, 1698
(*Hollande*). 2 vol. pet. in-12, fig. v.

655. Les Contes et Discours d'Eutrapel, par Noël du Fail. *S. l.*
(Paris), 1732. 2 vol. pet. in-12, v. granit. — Discours d'aucuns
propos rustiques (par le même). *S. d.* (*Paris*), 1732. Pet. in-12,
veau.

656. Les Soirées de Guill. Bouchet, divisées en trois livres, où
sont contenues diverses matières fort recréatives, etc. Dernière
édition revue et augmentée par l'auteur. *A Lyon, chez Pierre
Rigaud*, 1614. 3 tomes en 2 vol. in-8, v.

657. Les Contes et Discours bigarrez, deduitz en neuf matinées,
par Cholières. *Paris, par Anthoine du Breuil*, 1611. Pet. in-12,
bas.

658. L'Art de plumer la poule sans crier. *Cologne, chez Robert le
Turc, au Coq Hardy*, 1710. In-12, v. br.

Recueil de 21 nouvelles contenant des histoires d'escroquerie.

659. Les Mille et une Faveurs, contes de cour, tirés de l'ancien
gaulois, par la reine de Navarre (par le chevalier de Mouhy).
Londres, 1784. 8 vol. pet. in-12, demi-rel. v. vert.

660. Les Vieilles Lanternes, contes nouveaux et allégoriques faits
pour rassurer les uns et consoler les autres, avec une clef pour
rire et des notes pour pleurer. *A Pammatopolis, chez Lucrain,
et se trouve chez tous les débiteurs des vérités à la mode*, 5871
(1785). In-8, v. f.

3. *Romans et contes italiens et espagnols.*

662. Historia molto dilettevole di M. Giovanni Bocaccio nuovamente ritrovata (L'Urbano). *Stampata in Vineggia, per*

Joannis Antonio et fratelli da Sabbio, 1526. In-8 de 32 ff. vélin.

Bel exemplaire d'un livre fort rare.

663. Ameto di Giovanni Boccaccio. *Impresso in Firenze, per gli heredi di Philippo de Giunta*, 1529. Pet. in-8, bas. jaspé.

664. Hypnerotomachie, ou Discours du songe de Poliphile, déduisant comme amour le combat à l'occasion de Polia. *Paris, pour Jacques Kerver*, 1546. In-fol. fig. vél. vert.

Exemplaire complet, mais défectueux. La figure de la page 69 est intacte.

665. Fortunatus Siculus ossia l'aventuroso Ciciliano. Romanzo storico scritto nel M.CCCXI di Busone da Gubbio, ed ora per la prima volta publicata da G.-F. Nott. *Firenze*, 1832. In-8, pap. vél. demi-rel. dos et coins mar. r. fil., non rogné, doré en tète (*Boersch*).

Tiré à 250 exemplaires.

666. Novelliero italiano (raccolto da Gir. Zanetti) *Venezia, Pasquali*, 1754. 4 vol. pet. in-8, v. granit, fil.

Bel exemplaire.

687. Decamerone di Messer Giovanni Boccaccio cittadino fiorentino (sul testo *di Manelli*). *Londra (Livorno)*, 1789-90. 4 vol. in-8, demi-rel. bas.

Bonne édition.

668. Le Decameron de Missire (*sic*) Jehan Bocace Florentin, traduict d'italien en françois, par Ant. Le Maçon. S. l. (*Paris*), *de l'imprimerie de Guillaume Thibout*, 1556. Pet. in-8, v.

669. Le Cento Novelle antiche, secondo l'edizione del 1525. Corrette ed illustrate con note. *Milano, Ant. Tosi*, 1825. In-8, demi-rel. v. bleu.

670. Luig. Pulci. Tractato del Prete cole Monache. *Parigi, Crapelet*, 1840. Pet. in-8 goth. fig. s. bois, br.

671. Novella di Torello del maestro Dino del Garbo scritta da un anonimo nel secolo XIV. Alla quale si aggiugne la novella stessa di Franco Sacchetti e altre due di questo autore. *Firenze*, 1827. In-8, br.

Tiré à petit nombre.

672. Il Pecorone di Giovanni Fiorentino, nel quale si contengono cinquanta novelle antiche belle d'inventione e di stile. *In Milano, appresso di Giovanni Antonio degli Antonij*, 1554. Pet. in-8, demi-rel. mar. viol. non rogné.

Cette édition, que l'on voulait faire passer pour une édition antérieure à celle de Milan 1558, qui est la première, a été imprimée à Lucques vers 1740.

673. Origine del proverbio che si suol dire : Anzi cornache croci, novella di M. Gio Battista Modio. *Milano, per Gio. Antonio degli*

Antonii, 1558. In-8, tiré sur papier de Hollande. In-4, broché.
Réimpression faite à Milan, en 1821.

674. Novelle di Bandello. *Milano, Silvestri*, 1813, 9 vol. in-12, port.
brochés.

675. La Prima e la Seconda Cena, novella allequale si aggiunta
una novella che ci resta della Terza di Grazzini detto il Lasca.
Londra (Livorno), 1793. 2 vol. pet. in-8, demi.-rel. bas.

676. L'Impresario in rovina, ovvero gl' Intempestivi Amori di Pa-
tagiro, storietta piacevole, di Antonio Piazza; 1784. — Giulietta
ovvero il seguita dell' Impresario in rovina. *In Venezia*, 1784. —
La Pazza per amore, ovvero la conchiusione dell' Impresario in
rovina e della Giulietta, 1784, 3 part. en 1 vol. in-8, v. vert, fil.
non rogné.
Rare.

677. Novelle di Casti. *Parigi, anno XII*, 1884. 3 vol. in-8, gr. pap.
vél. portr. demi-rel. mar. citron.

678. Quattro novelle narrate da un maestro di scuola di Grossi.
Torino, Pompa, 1829. In-8, gr. pap. portr. non rogné.

679. Le Roman espagnol, ou Nouvelle Traduction de la Diane de
Montemayor (par Le Vayer de Marsilly). *Paris, Briasson*, 1705.
In-12, v. f. (*Aux armes de la comtesse de Verrue.*)

680. Les Visions de dom Francisco de Quevedo de Villagas, augmentées de l'Enfer réformé, traduit de l'espagnol par le sieur de
la Geneste. *A Caors* (sic), *Pierre Daluy*, 1655. In-8, vél.

681. L'Aventurier Buscon, histoire facécieuse (traduite de l'espagnol de Fr. Quevedo par de la Geneste). Ensemble les Lettres
du chevalier de l'Espargne. *Lyon, Ant. Beaujossin*, 1662. Pet.
in-8, v. m.

682. L'Escole de l'intérest et l'Université d'amour. — Songes vé-
ritables, ou véritez songées, traduits de l'espagnol par C. Le Petit.
Paris, Pépingué, 1662. Pet. in-12, v. m.

683. Cervantes Saavedra. Historia de los trabajos de Persiles y Si-
gismunda. *En Barcelona, Juan Nadal*, 1768. In-4, vél.

3. *Romans anglais, allemands, etc.*

684. L'Arcadie de la comtesse de Pembrok, composée par Messire
Philippe Sidney, chevalier anglois, et mise en notre langue par
J. Baudouin. *Paris, Toussaint Du Bray*, 1624-1625. 3 vol. in-12,
v. marb. (*Aux armes de la comtesse de Verrue*).
Le deuxième volume porte : Traduicte en nostre langue par D. Geneviefve Chap-
pelain. L'exemplaire est court.

685. Alcibiade (4 parties) : enfant, jeune homme, homme, vieil-

lard) par Meisner (traduit par Rauquil-Lieutaud), orné de
planches en taille-douce. *A Athènes, et se trouve à Paris, chez
Buisson*, 1789. 4 vol. in-4, fig. v. m.

686. Contes fantastiques d'Hoffmann, traduits de l'allemand par
Loève-Veimars. *Paris, E. Renduel*, 1830. 12 vol. in-12, demi-
rel. bas. verte.

687. Antar, roman bedouin. traduit de l'arabe par Terrie-Hamil-
lon, imité de l'anglais. *Paris*, 1819. 3 vol. in-12, 12 fig. demi-
bas. verte.

688. Les Contes des Génies, ou les Charmantes Leçons d'Horam,
fils d'Asmar, traduit du persan en anglois par Morell (J. Ridley)
et de l'anglois en françois (par J.-B. Robinet). *Amsterdam, Marc-
Michel Rey*, 1766. 3 vol. pet. in-8, fig. bas. fauve.

689. Histoire de la sultane de Perse et des visirs. Contes turcs,
composés en langue turque, par Cheezade et traduits en françois (par A. Galland), *Paris, Claude Barbin*, 1707. In-12, v.

690. Iu-Kiao-li, ou les Deux Cousines. Roman chinois, traduit par
M. Abel Remusat. *Paris*, 1826. 4 vol. in-12, fig. demi-rel. bas.

691. Contes et Fables indiens de Bidpai et de Lockman, traduits
d'Ali Tchelebi-ben-Saleh, auteur turc. Commencé par Galland
et fini par Cardonne. *Paris*, 1778. 3 vol. in-12, bas. marb.

VI. FACÉTIES.

692. Democritus ridens, sive Narrationum ridicularum ad animos
e contentione graviorum studiorum, seu quorumvis negotiorum
lassitudine relevandos. *Ulmæ*, 1687. Pet. in-12, vél.

693. Nugæ venales, sive Thesaurus ridendi et jocandi ad gravis-
simos severissimosque patres melancholicorum conscriptus, etc.
Anno 1642. Pet. in-12, mar. vert, fil. tr. dor. (*Anc. rel.*)

694. Les Bigarrures et Touches du seigneur des Accords avec les
Apoptegmes du sieur Gaulard, et les Escraignes dijonnoises (par
Du Buisson, baron de Grannas), dernière édition de nouveau
augmentée. *Paris, chez Estienne Maucroy*, 1662. Pet. in-12,
mar. rouge, fil. dos orné, tr. dor. (*H. Duru.*)

Quelques feuillets ont coulé en lavage.

695. Les Jeux de l'Inconnu, augmenté de plusieurs pièces en ceste
dernière édition (par le comte de Cramail). *Rouen, chez J. Cail-
loué*, 1645. In-8, parch.

696. Amusemens sérieux et comiques, par Rivière-Dufresny. *Paris,
Briasson*, 1754. Pet. in-12, v. marbr.

697. Réflexions sur les grands hommes qui sont morts en plaisan-
tant (par Deslandes). *Amst.*, 1732. In-12, v.

698. Mémoires pour servir à l'histoire de la Calotte (par Margon, Gacon, etc.). *A Basles, chez les héritiers du grand Myller*, 1725. 2 part. en 1 vol. pet. in-8. v. — Recueil des pièces du régiment de la Calotte. *Paris, Colombat, imprimeur privilégié du Régiment, l'an de l'ère calotine*, 1726. Pet. in-12, bas.

699. Le Livre à la mode (par L. Carraccioli). Nouvelle édition marquetée, polie et vernissée. *En Europe (Paris), chez les libraires* — 100070060 (1760). Pet. in-12, imprimé en rouge, br.

700. Les Étrennes de la Saint-Jean (par le comte de Caylus), seconde édition, revue, corrigée et augmentée par les auteurs de plusieurs morceaux d'esprit. *A Troyes, chez la veuve Oudot*, 1742. In-12, v. granit.

701. Les Manteaux. Recueil (par le comte de Caylus). *La Haye*, 1744. In-12. fig. v. m.

702. Le Livre des quatre couleurs, avec cette épigraphe : *Ridendo dicere verum, quid vetat?* (par L.-A. Caraccioli.) *Aux quatre éléments de l'imprimerie des Quatre-Saisons, 4444 (Paris, Duchesne)* 1757. In-12, v. m.

703. L'Histoire des Grecs, ou de ceux qui corrigent la fortune au jeu (par le chevalier A. Goudar). *Londres, Liège,* 1758. In-12, v. marb.

704. Regrets sur ma vielle robe de chambre. Avis à ceux qui ont plus de goût que de fortune (par D. Diderot). *Paris, aux dépens des éditeurs de l'Encyclopédie,* 1772. In-12. demi-rel. v. f.

705. Œuvres badines complettes (*sic*) du comte de Caylus, avec figures. *Amsterdam, Paris,* 1787 *(impr. à Sens chez la veuve Tarbé).* 12 vol. in-8, portr. par Cochin et 24 fig. d'après Marillier, bas. rose.

706. Éloge funèbre et historique, de très court, très épais et tout adroit citadin Maistre Nicodème Pantaléon Tire-point, bourgeois de Paris, maistre et marchand tailleur d'habits. Prononcé le 3 juin 1776, par Boniface Prêt-à-boire, son premier garçon et associé. *S. l.* 1776. In-8, de 58 pp. br. n. r.

707. Les Casse-cou. Aventures et mésaventures, catastrophes grotesques, malheurs, anecdotes, caractères à mourir de rire, scènes, épisodes, mystification à s'en tenir les côtés, caricatures en action, misères et tribulations drolatiques, avec de goguenardes et burlesques illustrations (par Porret). *Paris,* 1832. In-32, v. f. fil. bord. n. rogné. (*Bauzonnet.*)

708. Chute de la médecine et de la chirurgie, ou le Monde revenu dans son premier âge, traduit du chinois par le bonze Luc-Ésiab. *A Emeluogna, la présente année,* 000,000,000. Pet. in-8, 8 pp. br. (*De la collection Caron.*)

709. L'Art de péter, essai théori-physique et méthodique. Suivi de l'histoire de *Pet-en-l'air* et de la reine des Amazones (par Hurtault). *En Wesphalie, chez Florent-Q.* 1778. In-12, fig. coloriées, 216 pp. v. marbr.

710. Scelta di facezie, tratti, buffonerie, motti et burle cavate da diversi autori, nuovamente racconcie e messe insieme. *In Firenze, appresso i Guinti,* 1579. Pet. in-8. demi-rel. bas.

711. Mondi Celesti, terrestri, et infernali degli academici Pellegrini del Doni. *Vicenzia,* 1597. Pet. in-8, vél.

Exemplaire de J.-F. Palisot de Beauvais.

712. La Fameuse Compagnie de la Lésine ou Alesne, c'est-à-dire la Manière d'espargner, acquérir et conserver. Traduction nouvelle de l'italien, de Vialardi. *Paris, Rollet-Boutonné,* 1618. Pet. in-12, v. fauve, fil. — Continuation des canons et statuts de la fameuse compagnie de la Lésine, etc. *Paris, Abraham Saugrain,* 1604. 2 part. en 1 vol. in-12, vél.

— La Contre-lésine ou plustost discours, constitutions et louanges de la Libéralité. Augmentez d'une comédie intitulée les Nopces d'Anti-lésine, de Vialardi. *Paris, Abraham Saugrain,* 1604. 2 tomes en 1 vol. pet. in-12, demi-rel. bas. fauve.

713. La Semplicita ingannata di Galerano Tarabotti. *Leida, Gio. Sambix,* 1654. Pet. in-12, mar. br. fil. à froid.

Hauteur : 130 millimètres.
Rare. Véritable elsev. de Leide.

714. L'Éloge de la Folie. Traduit du latin d'Érasme, par Gueudeville, avec des notes (par Meusnier de Querlon). *Paris,* 1757. In-12, fig. d'Eisen, v. m.

715. J. Frid. Matenesi critices christianæ libri duo de ritu bibendi super sanitate, pontificum, cæsarum, principum, ducum, magnatum amicorum, amicarum, etc. *Coloniæ, Conrad. Buagenius,* 1611. Petit in-8, fig. v. éc.

Exemplaire de Ch. Nodier, avec cette note de sa main : « Introuvable et inconnu, si ce n'est peut-être de Saint-Hiacynthe qui parait y avoir pris le nom de son Mathanasius. » L'auteur donne dans ce livre la figure de la coupe de Luther, qui selon lui tenait trois pots de vin, et que ce patriarche de la Réformation avait coutume de vider en trois coups qu'il buvait à la destruction de l'Eglise romaine.

716. Opuscule ou Petit Traité sceptique, sur cette commune façon de parler : N'avoir pas le sens commun (par La Mothe Le Vayer). *A Paris, chez Augustin Courbé,* 1646. Pet. in-12, vélin.

717. Éloge de l'Ivresse (par Sallengre). Nouv. édition, revue, corrigée et considérablement augmentée. *A Bacchopolis, de l'imprimerie du Vieux Silène, l'an de la vigne,* 5555, *et à Paris, an VI.* In-12, fig. br.

718. Laus Asini (a D. Heinsio) ; tertià parte auctior. *Lugd. Batav., ex offic. Elsev.* 1629. In-24, mar. noir, fil. sur les plats et sur le dos.

719. Éloge de l'Enfer. Ouvrage critique, historique et moral (par
Bénard). *La Haye, Pierre Gosse*, 1759. 2 vol. in-12, fig. papier
de Hollande, demi-rel. bas.

720. Les Chats (par Paradis de Moncrif). *Paris, Quillau,* 1727.
in-8, 8 fig. de Coypel gravées à l'eau-forte par Caylus, v.

721. Dictionnaire portatif, contenant les anecdotes historiques de
l'amour, depuis le commencement du monde jusqu'à ce jour
(par Mouchet). *Paris, Buisson*, 1788. 2 vol in-8, v. m.

722. Dialoghi di amore, di Leone, hebreo medico, di nuovo corretti et ristampati. *In Venetia, appresso Giovanni Alberti*, 1586.
Pet. in-8, vél.

723. Les Arrêts d'amour avec l'Amant rendu cordelier à l'obser-
vance d'amours, par Martial de Paris, dit d'Auvergne ; dernière
édition revue, corrigée, etc., etc. (par Lenglet-Dufresnoy).
Amsterdam, chez François Changuion, 1731 (avec le glossaire),
in-12, v. m. tr. dor.

Le feuillet, pages 625-626, manque.

724. L'Antidote d'amour. Avec un ample discours contenant la
nature et la cause d'iceluy, ensemble les remèdes les plus sim-
ples pour se préparer et guérir des passions amoureuses, par J.
Aubery. *Paris, chez Claude Chappelet*, 1599. Pet. in-12, demi-
rel. bas.

Bel exemplaire de la 1re édition de ce livre.

725. Catéchisme à l'usage des grandes filles pour être mariées.
Ensemble la Manière d'attirer les amants. Par demandes et par
réponses. (*S. d.*) *Grenoble, veuve Favré*, in-12, de 6 ff. cart.

726. Lettre ou Conseils d'une dame de Paris à une demoiselle de
province sur le choix d'un époux. *A Cythère, au Palais de
l'Hymen*, 1756. Pet. in-8.

727. Gli Ornamenti delle Donne. Opera utile e necessaria ad ogni
gentile persone, di Giov. Marinello. *In Venetia, Giov. Valgri-
sio*, 1574. Très pet. in-8, v. rac.

728. DE LA BEAUTÉ. Discours divers, pris sur deux fort belles
façons de parler... Avec la Paule-graphie ou Description des
beautéz d'une dame Tholosaine nommé la belle Paule, par Gabriel de Minut. *Lyon, Barthelemi Honorat*, 1587. Pet. in-8, demi-
rel. v. f. (*Kœlher.*)

Exemplaire Deneux. Ce volume a été complété par 37 ff. (pages 145-220) d'un
exemplaire un peu plus court et terminé par la *Généalogie de Paule* reproduite
habilement à la main. Elle occupe 5 ff.

729. Paradoxe sur les femmes, où l'on tâche de prouver qu'elles
ne sont pas de l'espèce humaine. *A Cracovie*, 1766. In-12, v.

730. L'Ami des femmes, par Boudier de Villermet. *S. l.* (*Paris*),
1758. In-12, cart. n. rogné.

731. Discours en la faveur des dames contre les médisans. Dispute entre deux dames, Cléophile et Clorinde, et un gentilhomme nommé le sieur Clorédan. *A Paris, chez Abel L'Angelier*, 1600. Pet. in-12, bas.

Petit livre rare.

732. Conversations sur l'excellence du beau sexe, dédié aux dames, par (Guyonnet) de Vertron. *Paris*, 1699. In-12. v. brun.

733. Caprice des femmes, par Sornet-Papillon, seigneur de la Bagatelle (Nestor Lamarque). *Paris*, 1814, *à l'enseigne de la Vérité*. In-12, pap. fort. mar. r.

734. La Prima (e Seconda Parte) di Ragionamenti di P. Aretino. *S. l.* 1584. 2 part. en 1 vol. in-8, mar. r. fil. tr. dor. (*Rel. anc.*)

VII. PHILOLOGIE.

Critiques, Satires, Anas, Emblèmes, etc.

735. Athenæi Dipnosophistarum, hoc est argutæ sciteque in convivio disserentum. Lib. XV. *Basileæ, apud Joannem Valderum*, 1535, in-fol. vélin, tr. dor.

736. Les Nuits attiques de Aulu-Gelle. Traduction nouvelle, texte en regard, par M. E. de Chaumont, Félix Flambart, E. Buisson. *Paris, Panckouke*, 1845, 3 vol. in-8, br.

737. Aur. Theodosii Macrobii opera. Editio accurata. *Biponti, ex typ. Soc.* 1788. 2 vol. gr. in-8, cart. non rognés.

738. Dissertation historique, littéraire et bibliographique, sur la vie et les ouvrages de Macrobe, par Alph. Mahul. *Paris*, 1817, in-8, br.

739. Parallèle des anciens et des modernes, en ce qui regarde les arts et les sciences. Dialogues, avec le Poème du siècle de Louis le Grand (par Ch. Perrault). *Paris*, 1690. 2 vol. in-12, v.

740. Mémoires de Littérature (par A.-H. de Sallengre). *La Haye, Henri du Sauzet*, 1714-1717. 4 tomes en 2 vol. in-8, fig. gr. pap. v. porphyre, fil. tr. dor. reglé.

40 feuillets montés.

741. Parnasse réformé. Huitième édition, revuë, corrigée et augmentée (par Guéret). *Paris, Thomas Jolly*, 1669, in-12, v. éc. — Nouvelle allégorique ou Histoire des derniers troubles arrivés au royaume d'Eloquence (par Ant. Furetière). Seconde édition revuë et corrigée. *Paris, de Luynes*, 1659. In-12, v.

742. Le Triomphe de Pradon sur les Satires du S. D*** (Despréaux)

La Haye, 1686. Pet. in-12, portr. gravé. — Lutrigot, poëme héroï-comique (par Bonnecorse). Parodie du Lutrin. *Sur l'imprimé, à Marseille, chez Brebiot*, 1686. Pet. in-12, v. — Nouvelles remarques sur les ouvrages du sieur D*** (Despréaux, par Pradon). *La Haye, Jean Striss*, 1685. Pet. in-12, vélin. — La Défense du poëme héroïque, avec quelques remarques sur les œuvres satyriques du sieur D*** (Despréaux). Dialogues en vers et en prose (par Desmarests, le duc de Nevers, etc.) *Paris*, 1674. In-4. v.

743. Mémoires historiques, politiques, critiques et littéraires (par Amelot de la Houssaye). *Amsterdam*, 1722. 2 vol. in-12, v. m. fil. tr. dor.

744. Les Grotesques, par Théophile Gautier. Deuxième édition. *Paris, Delessart*, 1845. 2 vol. in-8, br.

745. Epistolarum obscurorum virorum ad Dm. M. Orthiunum Gratium volumina duo (auctore Ulrich de Hutten). Accesserunt huic editioni Epistola magistri Benedicti Passavantii ad D. Petrum Lysetum, et la Complainte de messire Pierre Lis sur le trespas de son feu nez (par Théod. de Bèze). *Londini, impensis Hen. Clements*, 1710. In-12, v. marbr.

746. Hotman (Franci). Anti-Choppinus, seu Epistola congratulatoria M. Nicodemi Turlupini, etc., etc., etc. *Wiliorbani*, 1593, Pet. in-8, v. marbr. (*De la biblioth. de Saint-Ange.*) — Idem. *Carnuti*, 1592. Pet. in-8, v. éc. fil.

Quelques mouillures.

N. B. C'est un libelle macaronique, attribué, par l'auteur du *Journal d'Henri*, t. II. à Bacquet.

747. Epistola M. Arthusii du Cressonneriis Britonis Galli ad dominum de Parisius super attestatione sua justificante et nitidante Patres Jesuitas. *S. l.* 1611. 37 pp. pet. in-8, dos et coins mar. bleu.

« Une main ancienne a écrit sur le frontispice de l'exemplaire de Soubise : *Par M. Servin*, avocat-général du Roy au Parlement de Paris. » (Barbier.)

Satire piquante et fort spirituelle, écrite en latin *semi-macaronique*, dans le genre des *Epistolæ obscur. virorum.*

748. Joannis Physiophili (le baron de Born) Specimen Monachologiæ methodo Linnæana tabulis tribus æneis illustratum cum adnexis thesibus, etc. *Augustæ Vindelicorum — Sumtibus P. Aloysii Merz concionatoris ecclesiæ cathedralis*, 1783. In-4, basane, non rogné.

749. L'Introduction au Traité de la conformité des merveilles anciennes avec les modernes (par Henri Estienne). *L'an 1566 (enseigne du Rocher)*. In-8, vélin.

750. Plan et dessein du poème allégorique et tragico-**burlesque

intitulé les Couches de l'Académie, avec la clef, par Ant. Furetière. *Amsterdam*, 1687. Pet. in-12, demi-rel. mar. r.

— L'Apothéose du dictionnaire de l'Académie et son expulsion de la région céleste, etc. (Attribué à Furetière.) *La Haye, Arnout Leers*, 1696. In-12, v. f.

— L'Enterrement du dictionnaire de l'Académie. 1697. In-12, bas. marbr.

751. Amusement philosophique très sérieux-comique, historique, politique, critique, satyrique, etc., en 2 parties : Le Goûteux en belle humeur et le Fébricitant philosophe (par de Gueudeville). *La Haye et Francfort*, 1743. Gr. in-12, cart. non rogné.

752. Almanach des gens d'esprit, par un homme qui n'est pas sot, calendrier pour l'année 1763 et le reste de la vie. Publié par l'auteur du *Colporteur* (Chevrier). *Londres, chez l'éternel M. Jean Noursel*, 1763. In-12, v. m.

753. Cataractes de l'imagination, déluge de la scribomanie, vomissement littéraire, hémorrhagie encyclopédique, monstre des monstres, par Épiménide l'Inspiré (Chassagnon). *Dans l'antre de Trophonius, au pays des Visions*, 1779. 4 vol. in-12, demi-rel. rel. bas.

754. Saint Géran ou la Nouvelle Langue française, anecdote récente suivie de l'Itinéraire de Lutèce au Mont-Valérien, en suivant le fleuve Séquanien et revenant par le Mont des Martyrs, par Cadet de Gassicourt. *Bruxelles, Paris*, 1812. In-12, fig. demi-rel. fig. bas.

755. L'Anima di Ferrante Palavicino, divisa in sei vigilie, vltima impressione. *In Lione, per Giorgio Fallardi (Holl. Elzer.)*, 1664. Pet. in-12, v.

Hauteur . 130 millimètres.

756. Adagiorum Erasmi Roterodami Epitome. Edit. novissima, etc., etc. *Amst., ap. Lud. Elzer.*, 1650. Pet. in-12, vél.

Hauteur : 138 millimètres.

757. Trésor des sentences dorées, dicts, proverbes et dictons communs, réduits selon l'ordre alphabetic, par Gabr. Meurier. *Lyon, Jean d'Ogerolles*, 1577. In-16, demi-rel. mar. bleu.

758. Des bons mots et des bons contes, de leur usage, de la raillerie des anciens et des railleurs de notre temps (par Fr. Caillières). *Paris, Cl. Barbin*, 1692. In-12, v. granit.

759. Recueil d'anas, 16 vol. In-12, rel. et br.

Nouvelle bibliothèque... des Anas (par Grivel). *Lille et Paris*, 1765, 2 vol. in-12, v. — Arlequiniana, par Cotolendi. *Paris*, 1691, in-12, fig. bas. — Carpenteriana. *Paris*, 1741, in-12, v. m. — Arnoldiana, ou Sophie Arnould et ses Contemporains, par A. Deville. *Paris*, 1813, in-12, portr. demi-rel. — Chevraeana.

Paris, 1697, in-12, v. — Femineana, ou la Langue et l'Esprit des femmes. *Paris*, 1801, in-12, fig. br. — Furetiriana. Paris, 1696, in-12, v. — Huetiana. *Paris*, 1722, in-12, v. — Naudæana et Patiniana. *Paris*, 1701, in-12, v. — Parrhasiana, ou Pensées diverses sur des matières de critique, de Th. Parrhase (Jean Leclerc). *Amst.*, 1699, in-12, v. — Perroniana et Thuana. *Coloniæ Agrippinæ*, 1669, in-12, v. — Poggiana. *Amst.*, 1720, 2 vol. in-8, v. (exempl. de G. Feignot). — Saint-Evremoniana. *Amsterd.*, 1701, in-12, v. — Santeuilliana. *La Haye*, 1708, in-12, v. m. — Simoniana, par M. Simon (Robbé). *Valenciennes*, 1804, in-12, br. — Vasconiana, Recueil des bons mots des Gascons. *Paris*, 1710, in-12, v.

760. Recueil d'anas, de Cousin d'Avalon. *Paris*, 1804-1829. 10 vol. in-18, br.

Christiana, ou Recueil des Maximes et Pensées morales du christianisme, 1802. — Bonapartiana, ou Recueil de mots sublimes, etc., de N. Bonaparte. 1829. — Bonapartiana..., versione dal Francese. *Milano*, 1801. — Fontanesiana, Opinions, Pensées de Fontanes. 1818, portr. — Fontainesiana, anecdotes, bons mots de La Fontaine, suivi de l'Eloge de la Gale et de plusieurs autres pièces de ce poète, inédites. 1804. — Fontenelliana. 1801, portr. — Dalembertiana. 1813. — Diderotiana. 1810. — Gregoiriana, ou Résumé des actions, des écrits d'Henri Grégoire. 1821. — Nouveau Dictionnaire d'anecdotes. 1824.

761. Poggiana ou la Vie, le caractère, les sentences et les bons mots de Pogge Florentin (par J. Lenfant). *Amsterdam, P. Humbert*, 1720. 2 vol. pet. in-8, fig. v. m.

Exemplaire de Gabriel Peignot dont on voit la signature au verso de la couverture du premier volume.

762. Prima Scaligerana, nunquàm antehac edita, cum præfatione T. Fabri, quibus adjuncta ex altero Scaligerano (colligente Molinæo patre) quàm antea emendatiora cum notis cujusdam V. D. anonymi (Pauli Colomesii). *Groningux*, 1669. Pet. in-12, demi-rel. v. fauve.

763. Prima Scaligerana nusquam antehac edita cum præfatione T. Fabri. *Ultrajecti, ap. Petrum Elzev.*, 1670. Pet. in-8, cartonné.

Hauteur : 148 millimètres.
« Cette édition petit in-8 est la véritable édition elsev. » (Pieters.)

764. Ducatiana ou Remarques de feu M. le Duchat sur divers sujets d'histoire et de littérature (mises en ordre par Formey. *Amsterd. P. Humbert*, 1738, 2 vol.

765. Brunetiana. Recueil dédié à Jocrisse (par Ragueneau de la Chesnaye). *Paris, an X*, 1802. In-18, fig. br. — Merdiana, ou Manuel des Ch.... A *Merdianopolis, au bureau des vidangeurs, s. d.* In-12, br.

766. Polissonniana, ou Recueil de turlupinades, quolibets, rébus, jeux de mots, pointes, expressions extraordinaires, hyperboles, gasconades (par Cherrier). *Amsterdam, Henry Schelte*, 1725. In-12, demi-rel. v. fauve. (*Petit.*)

767. Le Pegme de Pierre Coustau, avec des narrations philosophiques, mis de latin en françoys par Lanteaume de Romieu. *Lyon, Macé Bonhomme*, 1560. In-8, demi-rel. bas. verte. (*En mauvais état.*)

VIII. DIALOGUES. — ENTRETIENS. — EPISTOLAIRES.

768. Les Entretiens d'Ariste et d'Eugène, par le P. Bouhours. *Paris, Sébast. Mabre-Cramoisy*. 1671. In-4, v.

Première édition.

769. Dialogo di M. Nic. Franco dove si raggiona delle bellezze. *Venetiis, apud Antonium Gardone*, 1542. Pet. in-8, v. m. fil.

Exemplaire de Chardon de la Rochette, avec sa signature.

770. Les Epistres familières de M. T. Ciceron, père d'Éloquence, contenues en 16 livres, traduites en françois par Estienne Dolet et le reste par François de Belleforest (lat.-franç.). *Genève, Jacob Stoer*, 1618. In-16, vélin.

771. C. Plinii secundi Epistolarum libri X... Panegyricus Trajano dictus ; de Viris illustribus in re militari, etc. *Venetiis, in ædibus Aldi et Andreæ Asulani soceri*, 1518. In-8, v. m.

772. Thomæ Mori v. c. Dissertatio Epistolica. *Lugd. Batav., ex offic. Elzev.* 1625. Pet. in-12, mar. fil. tr. dor.

Hauteur : 126 millimètres.

773. De quæsitis per. Epistolam libri. III Aldi Manutii Pavlli. F. Aldi. N. *Venetiis*, D.LXXVI. Pet. in-8, v. fauve, fil.

774. Scaligeri (J.) Epistolæ omnes quæ reperiri potuerunt, nunc primum collectæ ac editæ. etc., etc. *Lugd. Batav., ex offic. Bonav. et Abrah. Elzevir.*, 1627. Pet. in-12, vél.

775. Huberti Langueti Epistolæ politicæ et historicæ ac Philippum Sydnæum. *Lugd. Batav., ex offic. Elzev.*, 1646. Pet. in-12, vél.

Hauteur : 126 millimètres.

776. Hugonis Grotii Epistolæ ad Gallos nunc primum editæ. *Lugd. Batav., ex offic. Elzev.*, 1648. Pet. in-12, vél.

Hauteur : 129 millimètres.

777. Les Epistres de maistre François Rabelais, escrites pendant son voyage d'Italie avec des observations hist. (par Sainte-Marthe). *A Paris, chez Charles de Sercy*, 1651. In-8, portr. v. f. fil.

778. Lettres nouvelles de feu M. Boursault, accompagnées de fables, de contes, d'épigrammes ou remarques, de bons mots, etc. avec treize lettres amoureuses d'une dame à un cavalier. *Paris*, 1738. 3 vol. in-12, v. m.

779. Lettres historiques de M. Pellisson (édit. attribuée à l'abbé d'Olivet). *Paris, Fr. Baron*, 1729. 3 vol. in-12, v. fauve.

780. Lettres de Ninon de Lenclos au marquis de Sévigné, avec sa

vie (par Damours). Nouv. édit. *A Amsterdam, chez François Jolly*, 1768. 2 vol. pet. in-12, v. m.

781. Recueil de Lettres de Madame de Sévigné à sa fille. *Paris*, Rollin fils, 1738. 4 vol. in-12, v. granit.

782. Lettres historiques et galantes de deux dames de condition (Mme et Mlle du Noyer). Nouv. édition. *Amsterdam*, 1720. 5 vol. in-12, fig. v. granit.

783. Correspondance de J.-H. Bernardin de Saint-Pierre, précédée d'un supplément aux mémoires de sa vie, par L. Aimé-Martin. *Paris, Ladvocat*, 1826. 3 vol. — Mémoire sur la vie et les ouvrages de J.-H. Bernardin de Saint-Pierre (par le même). *Paris, Ladvocat*, 1826. 1 vol. Ens. 4 vol. in-8, demi-rel. v. rouge.

IX. POLYGRAPHES.

Polygraphes grecs, latins, français, etc.

784. Les Vies des hommes illustres, grecs et romains, par Plutarque, translatées par maître Jacques Amyot, et depuis en cette troisième édition reveuës et corrigées. *Paris, Vascosan*, 1567. 6 vol. pet. in-8, mar. r. fil. tr. dor. (A la fin du VIe, les Vies de Hannibal et Scipion l'Africain, par Charles de l'Écluse). — Les Œuvres morales et meslées de Plutarque, translatées de grec en françois, reveuës et corrigées en cette seconde édition (par J. Amyot). *Paris, Vascosan*, 1574. 2 tomes en 6 vol. pet. in-8, mar. r. fil. tr. dor. — Décade contenant les Vies des empereurs Trajanus, Antoninus, Antoninus Pius, Commodus, etc., etc. *Paris, Vascosan*, 1567. Pet. in-8. Ens. 13 vol. mar. r. et cuir de Russie.

785. Juliani imperatoris Opera quæ extant omnia (gr. et lat.), à P. Martinio et Car. Cantoclaro lat. facta emendata et aucta; ejusd. Martinii præfatio de vita Juliani, etc. *Paris, Dion. Duval*, 1583. Pet. in-8, vél.

Bon exemplaire de la première édition.

786. In hoc volumine continentur: 1° L. Plinii Cæcilii secundi epistolarum libri novem. *Impressum Venetiis per Johannem et Bernardinum fratres de Lisona Vercellensis, anno M.cccc.x*; 2° Polybius historicus de primo bello punico et Plutarchi paralelia (sic) (In fine:) *Impressum Venetiis M.cccc.IIII*; 3° Censorinus de Die natali. Tabula Cebetis. Dialogus Luciani. Enchiridion Epicteti. Basilius. Plutarchus de Invidia et Odio. (In fine:) *Impressum bononiæ per me Benedictum Loectoris Bononiensis M.cccc.lxxxxvii*, s. chiffre ni réclam. 38 ff. In-fol. bas. marbr.

787. Œuvres d'Alex. de Pont-Aymery. *Paris, Jean Richer*, 1599. In-12, v. f.

Le volume contient à la fin : *Paradoxe apologique de la perfection des femmes.*

788. Scarron. Le Virgile travesti, en vers burlesques, par M. Scarron, reveu et corrigé. *Suivant la copie à Paris (Amst., Wolfgang, au Quærendo).* — Les Œuvres de M. Scarron, *suivant la copie de Paris (Amst., Wolfgang),* 1668. 2 vol. — Les Dernières Œuvres de M. Scarron. *Suivant la copie de Paris (Amsterd., Wolfgang),* 1668. 2 vol. Ensemble 6 vol. pet. in-12, v. éc. tr. dorée.

Hauteur : 130 millimètres.

789. Recueil de pièces galantes, en prose et en vers de Mme la comtesse de la Suze et de M. Pélisson. Augmenté de plusieurs pièces nouvelles de divers auteurs. *Trévoux,* 1725. 4 vol. in-12. veau.

790. Œuvres diverses d'un auteur de sept ans (le duc du Maine, publiées par Mme de Maintenon et Le Ragois, en 1678). *S. l. n. d.* In-4, v. brun. (*Rel. du temps.*)

Il n'a été tiré qu'un petit nombre d'exemplaires de ce volume, et, suivant Ch. Nodier (*Mélanges d'une petite bibliothèque,* page 327), ce nombre n'excéderait pas sept ou huit.

Les pages 1 à 4 manquent.

791. Œuvres diverses de P. Bayle, contenant tout ce que cet auteur a publié sur des matières de théologie, de philosophie, de de critique, etc. *La Haye,* 1737. 4 vol. in-fol. v.

792. Œuvres de Cyrano de Bergerac, précédées d'une notice par Le Blanc. *Paris et Toulouse,* 1855. In-12, br.

793. Les Œuvres de Monsieur de Voiture, cinquiesme édition. *Paris,* 1656. In-4, portr. v.

794. Les Œuvres de Monsieur Sarrasin. *Paris, Legros,* 1683. 2 vol. in-12, v. marb.

795. Les Lettres et Poésies de Mme la comtesse de B*** (Bregy). *Sur l'impr. à Leyde, chez Ant. Duval (Bruxelles, Foppens),* 1666. Pet. in-12, v. marbr.

Hauteur : 122 millimètres.

796. Œuvres de Ch. de Saint-Evremond, avec la vie de l'auteur, par Des Maizeaux, nouv. édition. *S. l. (Paris),* 1740. 5 vol. in-12, fig. v. m.

797. Mélanges curieux des meilleures pièces attribuées à M. de Saint-Evremond, et de plusieurs autres ouvrages rares et curieux. *Amsterdam, P. Mortier,* 1706. 2 vol. in-12, fig. vélin.

798. Mélanges historiques de P. C. (Paul Colomiez). *A Utrecht, chés Pierre Elzevier,* 1692. Pet. in-12 de 109 pp. v.

Hauteur : 140 millimètres.

« Edition médiocre, imprimée en France et sans réclame. Elle doit être classée parmi les *faux elseviers,* et, d'après Motteley, ce serait à Toulouse qu'elle aurait été exécutée. »

799. Le Porte-Feuile de Monsieur L. D. F*** (attribué à de La Faille). *Carpentras*, 1694. Pet. in-12, vél.

800. Œuvres de Madame de Montégut, recueillies par son fils. *Villefranche de Rouergue*, 1768. 2 vol. in-8, portr. v. m.

801. Morceaux détachés en prose et en vers (par J.-B. Marchand). In-8, v.

1. (Vers). Brevet d'apprentissage d'une fille de modes. 1769. — 2. La Critique des Dames et des Messieurs à leur toilette. 3. (Vers). Complainte des filles auxquelles on vient d'interdire l'entrée des Tuilleries à la brune. 1768. — 4. (Vers). Le Rabat-Joie. 1768. — 5. (Vers). Testament d'une fille d'amour mourante, *A Londres*, 1769. — 6. Projet raisonné, etc. 1770. — 7. (Vers). Requête des fiacres de Paris contre les cabriolets. 1768. — 8. Les Dames anglaises francisées par les soins d'un abbé. *A Londres*, 1769. — 9. Etrennes à la Capitale, par une compagnie de citoyens zélés. 1770. — 10. Colloque de maître Tirepied et Richard Sangouidini (*Paris*). 1769. — 11. Projet utile à tout le monde. — 12. Projet d'une pompe publique pour la ville de Paris, 1769.

802. Le Fond du sac, ou Restant de babioles de M. X*** (Félix Nogaret), membre éveillé de l'Académie des Dormans. *A Venise*, (*Paris. Cazin*), *chez Pantalon-Phœbus*, 1780. 2 vol. in-18, reliés en 1, portr. demi-rel. bas.

803. Amusemens d'un septuagénaire (P. de Bologne), ou Contes, anecdotes, bons mots, naïvetés, etc., mis en vers. *Paris, Poinçot*, 1786. Pet. in-8, demi-bas.

804. Porte-Feuille d'un jeune homme de vingt-trois ans (le vicomte de Wall). *Paris, Didot ainé*, 1788, in-8, pap. vél. v. f. fil. non rogné.

Ouvrage tiré à petit nombre.

805. Œuvres de M.-J. Chénier, précédées d'une notice sur Chénier, par M. Arnault ; revues, corrigées et mises en ordre par D.-Ch. Robert. *Guillaume*, 1826. 8 vol. in-8, portr. demi-rel. v. bleu, non rogné.

806. Ouvrages et Opuscules de Gabriel Peignot, in-4, in-8, et in-18 br.

Les ouvrages de Gabriel Peignot indiqués ci-dessous seront vendus séparément.

1. Manuel bibliographique (par Gabr. Peignot). *Paris*, 1800. In-8. v. rac. dent tr. marbr.

2. Dictionnaire raisonné de bibliologie (avec le supplément), *Paris*, 1802-1804 3 vol. in-8 pap. vélin, br.

3. Dictionnaire critique, littéraire, et bibliographique des principaux livres condamnés au feu, supprimés ou censurés. *Paris, Renouard*. 1806. 2 vol. in-8, cart. (*Rare.*)

4. Bibliographie curieuse, ou Notice raisonnée des livres imprimés à 100 ex. etc. *Paris*, 1808. In-8, dérelié.

5. Répertoire de bibliographies spéciales, curieuses et instructives, contenant la notice raisonnée : 1° des ouvrages imprimés à petit nombre d'exemplaires ; 2° des livres dont on a tiré des exemplaires sur papier de couleur, etc. *Paris, Renouard*, 1810. In-8, v. rac. (avec le *Prospectus*, br. in-8).

6. Répertoire bibliographique universel. *Paris, A. Renouard*. 1812. In-8, demi-rel. bas.

7. Bibliothèque choisie des Classiques latins. *Paris, Renouard*, 1813. Br. in-8.

8. Précis chronologique, généalogique et anecdotique de l'histoire de France. *Paris et Dijon*, 1815. In-8, demi-rel. v. fig.

9. Traité du Choix des livres. *Paris et Dijon*, 1817. In-8, demi-rel. bas.

10. Recherches sur les ouvrages de Voltaire, par Peignot. *Paris*, 1817. br. In-8.

11. Essai historique sur la lithographie. *Paris, A. Renouard*, 1819. br. in-8.

12. Essai chronologique sur les hivers les plus rigoureux, etc. *Paris et Dijon*, 1821. In-8, demi-rel. v. bleu n. rog.

13. Variétés, Notices et Raretés bibliographiques, par Gabr. Peignot. *Paris, Aug. Renouard*, 1822. In-8. demi-rel. v. bleu, n. rog.

14. Dictionnaire historique et biographique des personnages illustres. *Paris*, 1821. 4 vol. in-8, demi-rel. v. f.
Cet ouvrage a été attribué à G. Peignot.

15. Manuel du Bibliophile, ou Traité du Choix des livres. *Dijon, V. Lagier*, 1823. 2 vol. in-8, demi-rel. v.

16. Amusements philologiques, ou Variétés en tous genres. Seconde édition par G. P. Philomneste. *Dijon, V. Lagier* 1824. In-8, cart. n. r.

17. Mémorial religieux et biblique, ou Choix de pensées sur la religion, etc. *Dijon*, 1824. In-18, br.

18. Documents authentiques sur les dépenses de Louis XIV, en bâtiments et châteaux royaux (particulièrement à Versailles), en gratifications et pensions accordées aux savants, etc. *Paris, J. Renouard*, 1827. In-8, portrait, demi-rel. v. bleu, non rogné.

19. Recherches historiques et littéraires sur les danses des morts et les cartes à jouer. *Dijon et Paris*, 1826. In-8, figures, demi-rel. avec coins, v. noir, tr. argentée.

20. Histoire d'Hélène Gillet. *Dijon, V. Lagier*, 1829. Br. in-8. — Poésie sur le Jugement, Supplice et Rémission d'Hélène Gillet de Bresse. (Pour servir de suite à l'ouvrage de Peignot, intitulé : *Histoire d'Hélène Gillet.*) *Gand, Paris*, 1857. In-8 demi-rel. mar. br.
Tiré à 250 exemplaires.

21. Recherches historiques sur la personne de Jésus-Christ, sur celle de Marie, sur les deux généalogies du Sauveur et sur sa famille. *Dijon, V. Lagier*, 1829. In-8, demi-rel. v. f. n. rog.

22. De la Semaine. (Recherches sur l'époque où les premiers chrétiens, les Romains et les peuples d'Occident ont commencé à adopter la semaine). *S. l. n. d.* (*Dijon*, 1827.) Plaq. in-8, demi-rel. v. bleu. n. rog.
Tiré à 100 exemplaires.

23. Choix de Testamens anciens et modernes, remarquables par leur importance, leur singularité, etc. *Paris et Dijon*, 1829. 2 vol. in-8, br.

24. Précis historique de la Maison d'Orléans, avec notes, tables. *Paris, Crapelet*, 1830. in-8, cart.
Exemplaire orné d'un portrait du roi Louis-Philippe, gravé sur acier par Hopwood.

25. Catalogue d'une partie des livres composant l'ancienne bibliothèque des ducs de Bourgogne, etc. *Paris, J. Renouard*, 1830. In-8, demi-rel. v. f.

26. Notice sur XXII grandes miniatures ou tableaux en couleur, appartenant au grand hôpital de Dijon. *Dijon*, 1832. In-8, demi-rel. mar. r.

27. L'illustre Jaquemart de Dijon. *Dijon, V. Lagier*, 1832. Br. in-8.

28. Essai historique et archéologique sur la reliure des livres, et sur l'état de la librairie chez les anciens. *Paris et Dijon*, 1834. In-8, planches, demi-rel. v. bl.

29. Essai sur l'origine de la langue française. *Dijon, V. Lagier*, 1835. In-8, br.

30. Les Bourguignons salés, diverses conjectures des savans sur l'origine de ce dicton populaire. *Dijon, V. Lagier*, 1835. Br. in-8.

31. D'vne pugnition divinement envoyée aux hommes et aux femmes pour leurs

paillardises et leurs incontinences désordonnées (en 1493), par P. Stephen Aliberg, (G. Peignot). *A Naples et en France, Paris, Techener*, 1836. Br. in-8.

32. Essai historique sur la liberté d'écrire chez les anciens et au moyen âge et sur la liberté de la presse depuis le **xv**ᵉ siècle. *Paris, Crapelet*, 1832. In-8, demi-rel. avec coins, v. bleu.

33. De Pierre Arétin. Notice sur sa fortune, sur les moyens qui la lui ont procurée et sur l'emploi qu'il en a fait. *Paris et Dijon*, 1836. Br. in-8.

34. Souvenirs relatifs à quelques bibliothèques particulières des temps passés. *Paris et Dijon*, 1836. Br. in-8.

35. Recherches historiques et bibliographiques sur les autographes; avec notes, citations et tables. *Dijon, V. Lagier*, 1836. In-8, demi-rel. chagr. vert.

36. De la Liberté de la presse à Dijon au commencement du **xvii**ᵉ siècle. *Paris et Dijon*, 1836. Br. in-8.

37. La Selle chevalière. *Paris et Dijon*, 1836. Br. in-8.

38. Souvenirs relatifs à Saint-Paul de Londres, etc., etc. *Paris et Dijon*, 1836. Br. in-8.

39. Nouvelles recherches sur le dicton populaire : Faire ripaille. *Dijon, Victor Lagier*, 1836. Br. in-8.

40. Recherches sur la Philotésie, ou usage de boire à la santé chez les anciens, au moyen âge et chez les modernes. *Paris, Techener*, 1836. Br. in-8.

41. Notice sur la vie et les ouvrages de M. C.-N. Amanton. *Dijon*, 1837. Br. in-8.

42. Recherches sur le luxe des Romains dans leur ameublement, avec des notes. *Dijon, V. Lagier*, 1837. Br. in-8.

43. Histoire de la fondation des hôpitaux du Saint-Esprit de Rome et de Dijon. *Dijon*, 1838. In-4, br. planches.

44. Recherches sur l'origine et l'étymologie du mot : Pontife. *Dijon, V. Lagier*, 1838. Br. in-8.

45. Quelques recherches sur d'anciennes traductions françaises de l'Oraison dominicale. *Dijon, Vict. Lagier*, 1839. Br. in-8.

46. Recherches historiques sur l'origine et l'usage de l'instrument de pénitence appelé discipline. *Dijon, V. Lagier*, 1841. Br. in-8.

47. Prédicatoriana, ou Révélations singulières et amusantes sur les prédicateurs. *Dijon, Victor Lagier*, 1841. In-8, demi-rel. v. f.

48. Quelques recherches sur le tombeau de Virgile au mont Pausilippe. *Dijon, V. Lagier*, 1840. Br. in-8.

49. Le Livre des Singularités. *Dijon et Paris*, 1841. In-8, br.

50. Catalogue de la bibliothèque de feu G. Peignot. *Paris, Techener*, 1842. In-8, demi-rel. v. f.

51. Opuscules de Gabriel Peignot, avec une Introduction par Ph. Milsand. *Paris, J. Techener*, 1863. In-8, br. (portrait de Gabr. Peignot, gravé à l'eau-forte par Hédouin.)

52. Lettres de G. Peignot à son ami N.-D. Baulmont; mises en ordre et publiées par Émile Peignot son petit-fils. *Dijon*, 1877. In-8, portrait de Gabr. Peignot, demi-rel. v. fauve.

53. Notices exactes de toutes les personnes nées ou domiciliées dans le département de la Côte-d'Or, qui ont péri sur l'échafaud soit à Paris, soit à Dijon, soit à Lyon, pendant le régime révolutionnaire du 23 frimaire, au II (13 décembre 1793) au 9 thermidor an II, (27 juillet 1794). *Paris, Aug. Aubry*, 1865. In-8, pap. vél.

Tiré à 100 exempl. sur pap. vélin.

54. Notices chronologiques de tous les souverains, princes et princesses d'Europe qui ont péri de mort violente ou qui ont été exposés aux attentats des assassins de 1437 à 1840. *Paris, Aug. Aubry*, 1865. In-8, pap. vél.

Tiré 100 exemplaires.

807. Opere volgari di Angelo Poliziano, contenenti le elegantissime stanze, alcune rime, e l'Orfeo, colle illustrazioni del P. Affò. *Venezia*, 1819, *Molinari*. 2 tomes 1 en vol. in-16, portr. br. n. r. (*Bonne édition*.)

808. Tutte le opere di Nicolo Macchiavelli, divise in V parti, et di nuovo con somma accuratezza ristampate 1550. in-4, v. f.

Première des deux éditions dites *della testina;* c'est la plus estimée.

809. Opere di Niccolò Macchiavelli, cittadino et segretario fiorentino. *S. l. (Firenze)*, 1796-99. 8 vol. in-8, portr. v. f. fil.

On a ajouté, à la main et d'une élégante écriture, à la fin du cinquième volume une partie du chapitre 30, et les chapitres 31, 32 et 33 qui manquent à cette édition.

810. Miscellanea di operette diverse. *Parma, Bodoni*, de 1786 à 1820. In-4, mar. demi-rel. mar. r.

Cette collection *unique* de pièces, toutes sorties des presses de Bodoni, a été réunie par les soins du comte de Boutourlin et provient de sa bibliothèque.

811. Recueil littéraire de prose et de vers, empruntés aux anciens et aux modernes et classé par ordre alphabétique. 2 forts vol. in-fol. bas. m.

Manuscrit du xviiie siècle.

812. Pièces échappées du feu (publ. par Sallengre). *Plaisance (Hollande)*, 1715. In-8, v. marbr.

Dans le même volume :
1. Odes, Philippiques, avec des notes instructives. *S. l. et a. (Holl.)* deuxième édition, in-12. pp. encadrées, 4 odes. 2. L'Apocalypse françoise, ou Vision de M. l'abbé***, ennemi de la liberté. *S. l. et a.* In-12 de 4 ff. pp. encadrées.

813. Recueil de pièces serieuses, comiques et burlesques (publ. par Sallengre). — Les Trois Justaucorps, conte tiré de l'anglois de Swift, avec les Trois Anneaux de Boccace. *Dublin (Hollande)*, 1721. In-8, v. gr.

C'est le même recueil que le précédent, avec une pièce de moins : *Polichinelle demandant une place à l'Académie* (par Malezieu) et une pièce de plus : *Les trois Justaucorps*, qui est ici placée en tête du volume.

814. Le Triomphe du Just'aucorps d'Angleterre sans manche. *Jouxte la copie imprimée à Fleurus, chez Valdekin, bien battu*, 1690. In-12, de 48 pp. broché.

815. Mélanges de littérature orientale, traduits de différents manuscrits turcs, arabes et persans de la bibliothèque du roi, par Cardonne. *Paris, Hérissant*, 1770. 2 vol. in-12, v. m.

816. Revue contemporaine. *Paris*, 1853. 8. vol. gr. in-8, demi-rel. chagr. vert (2e *année* 1853).

HISTOIRE.

———

I. GÉOGRAPHIE. — VOYAGES.

817. Géographie ancienne et historique, composée d'après les cartes de d'Anville. *Paris, Egron,* 1807. 2 vol. in-8, et atlas in-fol. bas. r.

818. Vibius Sequester de fluminibus, fontibus, lacubus, nemoribus, paludibus, montibus, gentibus quorum apud poetas mentio fit. *Argentorati,* 1778. In-8, v. m. fil.

819. Pomponius Mela. De Situ orbis libri III, necnon C. Julii Solini Polyhistoris et Æthici cosmographia, cum notis variorum. *Lugd. Batav., ap. Hieron. de Vogel,* 1646. Pet. in-12, mar. r. compart. tr. dor. (*Dusseuil.*)

Joli exemplaire. Raccommodage au titre gravé.

820. Compendium geographicum, opera et studio Abrah. Golnitz. *Amstel., ap. Lud. Elzev.,* 1643. Pet. in-12, vélin.

Hauteur : 129 millimètres.

821. Golnitzi (Abrah.) Ulysses Bellico-Gallicus. *Lugd. Batav., ex offic. Elzev.,* 1631. Pet. in-12, v. fauve fil.

Hauteur : 129 millimètres.
Exemplaire avec la signature de Maynard.

822. Geographia generalis in qua affectiones generales telluris explicantur, autore Bernh. Varenio. *Amst., ex offic. Elzev.,* 1644. Pet. in-12, plans, tableaux, etc., cartonné.

823. Abrégé de géographie, rédigé sur un nouveau plan, par A. Balbi. *Paris,* 1834. In-8, v. fauve fil.

824. Le Curieux Antiquaire ou Recueil géographique et historique des choses les plus remarquables qu'on trouve dans les quatre parties de l'univers, avec très belles figures, par Berkenmeyer. *A Leyde,* 1729. 3 vol. in-8, fig. non reliés.

825. Voyages dans les Alpes, précédés d'un essai sur l'histoire naturelle des environs de Genève, par H. B. de Saussure. *Neuchâtel,* 1780-1796. 4 vol. in-4, bas. r.

Les deux premiers volumes sont de la réimpression de 1803-1804.

826. Observations faites dans les Pyrénées pour servir de suite des observations sur les Alpes, par Ramond. *Paris,* 1789. In-8, cartes, basane.

827. Voyage d'Espagne, curieux, historique et politique, fait en
l'année 1655 (par Aarsens de Sommerdick). *Paris, Charles de
Sercy*, 1665. In-4, v.

828. Voyage d'Espagne, contenant entre plusieurs particularitez
trois discours politiques sur les affaires du protecteur d'Angleterre, la reine de Suède, etc., etc. *Cologne, Pierre Marteau,
(Amsterd., Abr. Wolfgang)* 1666. Pet. in-12, demi-veau f.

Hauteur : 129 millimètres.

829. Relation d'un voyage en Angleterre, où sont touchées plusieurs
choses qui regardent l'estat des sciences et de la religion, et
autres matières curieuses, par S. de Sorbière. *A Cologne, Pierre
Michel (Elzev.)*, 1666. Pet. in-12, v.

Hauteur : 130 millimètres.

830. Viaggi di Pietro della Valle il peregrino, descritti da lui me-
desimo in lettere familiari all' erudito suo amico Mario Scipano.
Divisi in tre parti, cioè la Turchia, la Persia, l'India. *Roma*, 1650-
1658. 2 vol. en 3 tom. in-4, v.

831. Relation d'un voyage du Levant fait par ordre du roy, par
Pitton de Tournefort. *Paris, Imprimerie royale*, 1717. 2 vol.
in-4, fig. papier fin, v. ant. (*Exempl. aux armes de France.*)

832. Correspondance de Jacquemont avec sa famille et plusieurs
de ses amis pendant son voyage dans l'Inde (1828-1832). *Paris*,
1841. 2 vol. in-12, br.

833. Nouvelle Relation contenant les voyages de Thomas Gage dans
la Nouvelle Espagne. *Amsterdam*, 1695. 2 vol. in-12, fig. vélin.

II. HISTOIRE DES RELIGIONS.

1. *Paganisme.*

834. Palœphati de incredibilibus. Corn. Tollius in lat. sermon.
vertit. *Amstel., Lud. Elzev.*, 1649. Pet. in-12. mar. fil. tr. dorée.

Hauteur : 130 millimètres.

835. Jo.-Christ. Struchtmeyer, Theologia mythica, sive de Origine
Tartari et Elysii lib. V, de Allegoriis, etc. *Hagæ Comit.*, 1753.
In-8, v. vert, fil.

836. Friderici Creuzeri Dionysus sive Commentationes academicæ
de rerum Bacchicarum Orphicarumque originibus et causis.
Volumen prius cum (6) figuris æneis. *Heidelbergæ*, 1809, *ex officina Mohri et Zinneri*. In-4, v. marbré.

837. Des Sibylles célèbres tant par l'antiquité que par les saincts
Pères, discours traittant des noms et du nombre des Sibylles.

de leur condition, par David Blondel. *Se vendent à Charenton par la veufve Perier*, 1649. In-4, vélin.

838. Jablonski (P. Ernest), Pantheon Ægyptiorum, sive de Diis eorum commentarius, cum prolegomenis de Religione et Theologia Ægyptiorum. *Francofurti*, 1750-52. 3 parties en 2 vol, in-8, v. granit.

839. Schedius (E.). De Diis Germanis, sive Veteris Germanorum, Gallorum, Britannorum, Vandalorum religionis syngrammata quatuor. *Amstel., Lud. Elzev.*, 1648. Pet. in-8, titre gravé, vélin.

840. Du Culte des Dieux fétiches ou Parallèle de l'ancienne religion de l'Egypte avec la religion actuelle de Nigritie, par le président de Brosses. *S. l.* 1660. In-12, v. m.

2. *Religion chrétienne.*

841. Sulpitii Severi Opera omnia quæ extant. *Lugd. Batav., ex off. Elzev.*, 1643. Pet. in-12, mar. vert, tr. dor. (*Anc. rel.*)

Hauteur : 129 millimètres 1/2.
Le texte offre de nombreuses soulignures.

842. La Sainte Chorographie, ou Description des lieux où réside l'Eglise chrestienne par tout l'univers, par P. Geslin. *Amst., Louis Elzev.*, 1641. Très petit in-12, demi-mar. r.

843. Anecdotes ecclésiastiques, contenant la police et la discipline de l'Eglise chrétienne depuis son établissement jusqu'au XI⁰ siècle, etc., etc., tirées de l'Histoire de Naples, de Giannone (par J.-J. Vernet). *Amsterdam, Jean Catuffa*, 1738. In-8, v.

844. Le Vite de' pontifici con l'effigie di Giovan.-Battista de' Cavallieri (portraits de 232 papes). *Roma*, 1588. In-4, v. fil.

845. Ph. Bonanni Numismata summorum pontificum templi Vaticani fabricam indicantia chronologica cum explanationibus. *Romæ*, 1696. In-fol. fig. v. granit.

846. Il Nepotismo di Roma o vera Relatione delle raggioni che muovono i Pontefici all' agrandimento de' Nepoti. *S. l.* 1667. Pet. in-12, v. f.

Aux armes de Le Goux de la Berchère.
Sorti des presses de Dan. Elsevier.
Hauteur : 135 millimètres.

847. Le Nepotisme de Rome, ou Relation des raisons qui portent les papes à aggrandir leurs neueus, traduction de l'italien. *S. l. ni adresse*, 1669. Pet. in-12 vélin.

S'annexe aux elseviers.
Hauteur : 131 millimètres.

848. Vita di donna Olimpia Maldachini che gouernò la Chiesa du-

rante il Pontificato d'Innocentio X. Scritta dall' Abbate Gualdi. *Cosmopoli, appresso Eugenio Migani*, 1666. Pet. in-12, v.

849. Histoire de donna Olimpia Maldachini, traduit de l'italien (de Gualdi). *Leyde, Jean du Val*, 1666. Pet. in-12, v.

Édition de Foppens.
Hauteur : 120 millimètres.

850. Erreur populaire de la papesse Jeanne, par Florimond de Ræmound. *Lyon, Benoist Rigaud*, 1595. In-8, vél.

Dans le même volume :
1° De la Couronne du soldat, traduction du latin de Q. Septim. Tertulien. —
2° Aux Martyrs. Traduction du même par le même.

851. Histoire de la papesse Jeanne, fidellement tirée de la disser-tation latine de M. de Spanheim par J. Lenfant. Nouv. édit. augment. de fig. *La Haye*, 1758, 2 vol. in-12, v. m.

852. Idée du conclave présent, de M.DC.LXXVI, ou le Prono-stic du pape futur; avec des réflexions sur la cour de Rome durant le siège vacant, par un abbé romain. *Amst., Fr. du Bois*, 1676. Pet. in-12. fig, vél.

853. Abrégé de l'histoire de Port-Royal (par J. Racine). *Vienne, Paris*, 1767. Pet. in-12, v. m.

Première édition complète.

854. Histoire générale du Jansénisme, contenant ce qui s'est passé en France, en Espagne, en Italie, dans les Pays-Bas, etc., au sujet du livre intitulé : *Augustinus Corneliis Jansenii*, par M. l'abbé ******** (dom Gerberon). *Amsterdam, de Lorme*, 1700. 3 vol. in-12, portr. v. brun.

855. Journal contenant tout ce qui s'est passé à Rome et en France, dans l'affaire de la constitution *Unigenitus*, etc., par l'abbé Dorsanne. *Rome*, 1753. 2 vol. in-4, mar. vert, fil.

856. La Vérité des miracles opérés par l'intercession de M. de Paris, démontrée contre M. l'archevêque de Sens, par L. Carré de Montgeron. *Utrecht*, 1737-41-47. 3 vol. in-4, fig. v. granit. fil.

On a ajouté une vignette représentant l'auteur offrant son livre au roi.

857. L'Origine des cardinaux du Saint-Siège et particulièrement des François (par du Peyrat). Nouv. édition. *Cologne, Pierre le Pain*, 1670. Pet. in-12, v.

M. Pieters l'attribue à Daniel Elsevier.
Hauteur : 130 millimètres.

858. Il Cardinalismo di Santa Chiesa, diviso in tre parti. *S. l.* 1668. 3 vol. pet. in-12, demi-rel. dos et coins v. brun.

Véritable elsevier d'Amsterdam.
Hauteur : 136 millimètres.
Cet ouvrage est attribué à Gregorio Leti.

859. Ph. a Limborch, Historia Inquisitionis cui subjungitur liber

sententiarum Inquisitionis tholosanæ ab anno Christi 1307 ad annum 1323. *Amstelodami, apud Henricum Weststenium*, 1692. In-fol. vél.

Bel exemplaire.

860. L'Apocalypse de Meliton, ou Revelation des mysteres cenobitiques par Meliton (par Pithoys). *A Sainct-Léger (Hollande), Noel et Jaques Chartier*, 1668. Pet. in-12, v.

861. La Guerre séraphique, ou Histoire des périls qu'a courus la barbe des Capucins par les violentes attaques des Cordeliers, avec une dissertation sur l'inscription du grand portail de l'église des Cordeliers de Reims (par J.-B. Thiers). *La Haye*, 1740. In-12, v. m.

862. Arrest du grand Conseil pour l'Université de Paris contre les Jésuites, imprimé par mandement de M. le recteur. *Paris, Pierre Durand*, 1625. In-8, vél.

Dans le même vol. 7 pièces diverses contre les Jésuites, datées de la même époque.

863. Mémoires historiques sur l'orbilianisme ; et les correcteurs des Jésuites ; avec la relation d'un meurtre tout à fait singulier commis depuis peu dans un des collèges de Paris et quelques autres anecdotes, etc. *S. l.* 1744. In-12 de 191 pages, n. rel.

864. Histoire des Chevaliers hospitaliers de Saint-Jean de Jérusalem, par l'abbé de Vertot. Nouvelle édition, augmentée des statuts de l'Ordre. *Paris, Quillau*, 1737. 7 vol. in-12, v. brun.

865. Palladii Episcopi Helenopoleos historia Lausiaca... Jo. Meursias primus græcè nunc vulgavit et notas adjecit. *Lugd. Batav., ex off. Lud. Elsev.*, 1616, in-4, vél.

866. Catalogus sanctorum, vitas, passiones et miracula commodissime annectens, ex variis voluminibus selectus, quem edidit Rev. Petrus de Natalibus. *Lugduni, apud Æg. et Jac. Huguetan*, 1542. In-fol. figures sur bois, demi-rel. dos et c. de mar. vert, dos orné, tr. dor. (*Capé.*)

Orné de figures sur bois à toutes les pages. Les feuillets 28 et 106 manquent.

867. Histoire critique et religieuse de Notre-Dame de Roc-Amadour, par A.-B. Caillau. *Paris*, 1834. In-8, fig. demi-rel. bas.

868. Mémoires pour servir à l'histoire de la fête des Foux, qui se faisait autrefois dans plusieurs églises, par du Tilliot. *Lausanne et Genève*, 1761. In-4, fig. v. m.

869. Histoire critique des Manichéens et du Manichéisme, par J. de Beausobre. *Paris*, 1734-39. 2 vol. in-4, v.

870. Lettre à M. de L. C. P. D. B. sur le livre intitulé : *Histoire des Flagellans* (attribuée au P. du Cerceau). *S. l. et a.* Pet. in-12 de 43 pp. n. relié.

871. Histoire du Soulèvement des fanatiques dans les Sevenes, le-

quel a commencé en 1702 et a été entièrement terminé en 1705, par Duval. *Paris, Nyon*, 1713. In-12, v.

872. Instruction à la France sur la vérité de l'histoire des frères de de la Roze-Croix, par Gabr. Naudé. *Paris, Fr. Julliot*, 1623. In-8, vél.

III. HISTOIRE ANCIENNE.

873. Le Livre des chroniques du seigneur Iehan Carion, ou sont comprins tous haultz actes et beaulx faictz depuis le commencement du monde iusques au regne de treschrestien roy Françoys premier de ce nom. Tourné de latin en françoys par maistre Iehan le Blond. *Paris, Charles l'Angelié*. Pet. in-8, vélin.

874. SLEIDANI (Joan.) De Quatuor summis Imperiis libri III. *Lugd. Bat., ex offic. Elzev.*, 1624. Pet. in-12, dos et coins mar. r.

Hauteur : 128 millimètres.

875. Theatrum historicum theoretico-practicum, in quo quatuor monarchiæ, nempe prima Babyloniorum et Assyriorum secunda Medorum et Persarum, tertia Græcorum, quarta Romanorum et res illis gestæ novâ et artificiosâ methodo describuntur libr. 4ºʳ, ad annum usque 1607 deductis, auctore Matthias (Christ.). *Amst., ap. Lud. Elsevier*, 1648. In-4, front. gravé.

876. Études de l'histoire ancienne et de celle de la Grèce, de la constitution de la république d'Athènes, par P.-Ch. Levesque. *Paris*, 1811, 5 vol. in-8, demi-rel. bas. verte.

877. Manuel de l'histoire ancienne, traduit de l'allemand d'Heeren par Thurot. 3ᵉ édit. *Paris*, 1836. In-8, demi-rel. bas. fauve.

878. Voyages de Pythagore en Égypte, dans la Chaldée, dans l'Inde, etc., par Sylvain Maréchal. *Paris, an VII* (1799). 6 vol. in-8, fig. bas. porphyre.

879. Histoire des Juifs, écrite par Flavien Josèphe sous le titre de Antiquitez judaïques, traduite sur l'original grec, revue sur divers manuscrits, par M. Arnauld d'Andilly. — Histoire de la guerre des Juifs contre les Romains, etc. *Paris, Pierre le Petit*, 1670. 2 vol. in-fol. fig. v. fauve.

Bel exemplaire.

880. Fleury (l'abbé). Les Mœurs des Israélites. Dernière édition, corrigée et augmentée. *Paris, Pierre Emery*, 1712. In-12, vél. — Les Mœurs des Chrestiens. 3ᵉ édit. corrig. et augment. *Paris, Emery, Saugrain, etc.*, 1712. In-12, vél.

881. Scræherus (F.-Fred.) Imperium Babylonis et Nini ex monumentis antiquis. *Francofurti et Lipsiæ*, 1726. In-8, vél.

882. Dictys Cretensis et Darie Phrygius de bello et excidio Trojæ, in usum Delphini. *Amstelodami*, 1702. In-4, fig. v. granit.

883. Traité historique sur les Amazones, où l'on trouve tout ce que les auteurs, tant anciens que modernes, ont écrit pour ou contre ces héroïnes (par P. Petit). *Leide*, 1718. 2 tomes en 1 vol. in-12, fig. cart. v. granit.

884. Pausanias ou Voyage historique de la Grèce, traduit par Gedoyn, avec des remarques, notes, etc. *Paris, l'an 2ᵉ de la République française.* 4 vol. in-8, v. fauve.

885. Herodoti libri novem, quibus musarum indita sunt nomina, græce (ex recens. Aldi Manutii). *Venetiis, in domo Aldi, mense septembris M.DII.* In-fol. non relié.

886. Xenophontis de Cyri expeditione libri VII (gr. et lat.), ex recensione et cum notis Th. Hutchinson. *Cantabrigiæ*, 1785. In-8, tiré in-4, v. granit.

887. Diodori Siculi historiarum libri aliquot qui extant, opera et studio Vincentii Obsopæi in lucem editi, gr. *Basileæ*, 1539. In-4, couvert en pap. bleu.
Édition princeps.

888. Diodori Siculi bibliotecæ histor. libri qui supersunt (gr. et lat.) interprete L. Rhodomano, ad fidem mss. recensuit P. Wesselingius. *Amstel., Wetstenius*, 1746. 2 vol. in-fol. vél.

889. Delphi Phœnicizantes, sive Tractatus in quo Græcos, quidquid apud Delphos celebre erat, e Josuæ historia scriptisque sacris effinxisse ostenditur, cum diatriba de Noe in Italiam adventu, necnon de origine Druidum. *Oxonii*, 1655. — Burton (Guill.). Historia linguæ Græcæ; accedit hist. veteris linguæ persice ad Thomam Hyde. *Londini*, 1667. Pet. in-8, vél.

890. Dionysii Halicarnassei Romanorum antiquitatum pars hactenus desiderata nunc denique ope codicum Ambrosianorum ab Angelo Maio quantum liquit restituit. *Mediolani, regiis typis*, 1816. Gr. in-4, demi-rel. v. rose.

891. Eutropii breviarium historiæ romanæ. *Parisiis, Barbou*, 1754. In-12, fig. v. marbr. fil. tr. dor.

892. Histoire de Polybe, nouvellement traduite du grec, par Dom Vincent Thuillier, avec un commentaire, etc., etc., par M. de Folard. *Paris*, 1727-30. 6 vol. in-4. portr. fig. v. m.

893. Caii Sallustii Crispi quæ extant opera. *Lutetiæ Parisiorum, Coustelier*, 1744. In-12, fig. v. f. fil. tr. dor.

894. Conjuration de Catilina contre la République romaine, par Salluste, traduit par Billecocq. *Paris, Crapelet, an III*, 1795. In-8. fig. gr. pap. vél. v. racine, dent. tr. dor.

895. Alesia. Étude sur la septième campagne de César en Gaule (par M. le duc d'Aumale). *Paris, M. Lévy*, 1859. In-8, 2 cartes, broché.

896. Suetonius Tranquillus, cum annotationibus diversorum. *Amst., typis Lud. Elsev.,* 1650. Pet. in-16, titre gravé, cartonné.

Exemplaire non rogné de la bibliothèque de Pieters.

897. Procopii Gazæi in libros Regum et Paralipomenon scholia græcè, cum Lud. Lavateri et Hermanni Hambergeri latino interpretationis et notis Jo. Meursii. *Lugd. Batav., ap. Isaac Elsev.,* 1620. In-4, vél.

898. Histoire du bas Empire, en commençant à Constantin le Grand, par Ch. Le Beau. *Paris,* 1757-1811. 27 vol. in-12, v. m.

IV. HISTOIRE MODERNE.

1. *Histoire générale.*

899. Etats formés en Europe après la chute de l'Empire romain en Occident, par d'Anville. *Paris, de l'Imprimerie royale,* 1781. In-4. cart. v. f. fil.

900. Collection dite des Petites Républiques, imprimée par les Elzeviers à Amsterdam et à Leyde, de 1621 à 1660. 47 vol. in-24, vélin.

901. Albizzi (Antonius). Principium christianorum stemmata. *Kampiduni (Kampen en Souabe) Kraus,* 1619. Gr. in-fol. fig. tableau, etc., demi-rel. vél.

902. Histoire de la Décadence de l'empire après Charlemagne, par le le P. Louis Maimbourg. *Suivant la copie, à Paris, chez Séb. Mabre-Cramoisy (Hollande),* 1681. Pet. in-12, front. gravé, v. br. (*Chiffres.*)

903. Histoire de Croisades, par Michaud. *Paris,* 1812. 7 vol. in-8, cartes, plans, etc., demi-rel. bas. verte.

904. Adolphi Brachelii historiarum nostri temporis. *Amstel., ap. Jacobum Van Meurs,* 1659. Pet. in-12, v.

Nombreux portraits.

905. Recueil de plusieurs pièces servans (*sic*) à l'histoire moderne *Cologne, Pierre du Marteau (Bruxelles, Foppens.)* 1663. Pet. in-12, bas. fauve, fil.

Hauteur : 128 millimètres.

906. Recueil de diverses pièces curieuses pour servir à l'histoire. *Cologne, Jean du Castel (Bruxelles, Foppens),* 1664. Pet. in-12, demi-rel. mar. brun.

Hauteur : 125 millimètres.

907. Recueil historique contenant diverses pièces curieuses de ce

temps. *Cologne, Christophe Van Dyck (Bruxelles, Foppens)*,
1666. Pet. in-12, v. gris.

Hauteur: 126 millimètres.
Des deux éditions qui ont paru sous la même date, celle-ci est la plus belle.
(BRUNET.)

2. *Histoire de France.*

A. Histoire des Gaulois. — Mœurs et usages. — Mélanges.

908. Les Illustrations de Gaule et singularitez de Troye, avec les
deux epistres de l'Amant verd, etc., par Jean le Maire de Belges.
Paris, Philippe Le Noir, 1524. 5 part. petit in-fol. fig. demi-rel.
bas. fauve.

Exemplaire grand de marges et bien complet.

909. Mémoires des Gaules depuis le Déluge jusqu'à l'establisse-
ment de la Monarchie françoise, par Scipion du Pleix. *Paris.
Cl. Sonnius*, 1639. 3 vol. in-fol. peau de daim.

910. État de la Gaule au ve siècle, à l'époque de la conquête des
Francs. Extrait des Mémoires d'Uribald, par Fournel. *Paris,
an XIV*, 1805. 2 vol. in-12, bas. m.

911. Recherches sur les prérogatives des Dames chez les Gaulois,
sur les cours d'amour, etc., par le président Rolland. *Paris,
Nijon*, 1785. In-12, bas. fauve, fil.

912. Histoire de la Vie privée des François, depuis l'origine de la
nation jusqu'à nos jours, par Le Grand d'Aussy, nouvelle édition
par J.-B. de Roquefort. *Paris*, 1815. 2 vol. in-8, demi-rel. bas.
verte.

913. Recueil des guerres et traictez d'entre les roys de France et
d'Angleterre, par J. du Tillet. *Paris, Jaques du Puys*, 1588.
In-fol. peau de daim.

914. Histoire de la pairie de France et du parlement de Paris,
par Jean Le Laboureur. *Londres, Samuel Harding*, 1753. 2 tom.
en 1 vol. in-12, v. marbr.

915. Lettres sur les anciens Parlements de France que l'on nomme
Etats Généraux (par de Boulainvilliers). *Londres*, 1753. 2 vol.
in-12, v. m.

916. Tableaux généalogiques de la maison royale de France et des
six pairies laïques, par le P. Labbe, seconde édition. *Paris*, 1652.
Pet. in-12, demi-rel. v.

B. Histoire de France sous divers regnes.

917. Nouvelle Collection de mémoires pour servir à l'histoire de
France, par MM. Michaud et Poujoulat. *Paris*, 1835-39. 32 vol.
gr. in-8, à 2 col. br.

918. Roberti Gaguini Compendium super Francorum gestis. *Paris, Thielmanus Kerver*, 1500. In-fol. couvert en peau de daim.

919. Le Vray Childebrand ou Response au traitée injurieux de M. Chifflet (par Ch. de Combault d'Auteuil). *Paris, Pierre Lamy*, 1659. In-4, v. m.

C'est une réponse au traité de Chifflet : *Vindiciæ Hispanicæ*, qui tiendrait à prouver que Hugues Capet ne descendait de Charlemagne que par les femmes.

920. Chronique de Duguesclin, collationnée sur l'édition originale du xv° siècle et sur tous les manuscrits, avec une notice bibliogr. et des notes, par Fr. Michel. *Paris*, 1830. In-18, fig. demi-rel. bas. rouge.

921. Histoire de Messire Bertrand du Guesclin, escrite en prose l'an M.CCC.L.XXXVII, et nouvellement mise en lumière, par Cl. Menard. *Paris, Seb. Cramoisy*, 1618. In-4, vélin.

922. Histoire de Jean de Boucicaut, maréchal de France, et de ses mémorables faicts sous les règnes de Charles V et Charles VI, jusques en l'an 1408, mise en lumière par Théodore Godefroy. *Paris*, 1620. In-4, vélin.

923. Histoire de Louis XI, par Duclos, *Paris, frères Guérin*, 1745. 3 vol. in-12, portr. v. m.

924. Lentree du Roy à Millan. Cy fine lentree du Roy nostre Sire, Louis XII du nom, faicte à Millan, après la victoire qu'il eut sur les Veniciens (en 1509). *Lion, s. d.* (1509). In-4 goth. demi-reliure.

Réimpression *fac-simile*.

925. Commentaires de Blaise Montluc, maréchal de France. Où sont descrits les combats, rencontres, escarmouches, batailles, sièges, etc., etc. *Paris, Adrian Perier*, 1607. 2 tom. in-8, rel. en 1 vol. v. m.

A la fin du deuxième volume se trouvent des pièces en vers grecs, latins, et français de P. de Brach, sur la mort de Montluc.

926. Commentaires de Messire Blaise de Montluc, mareschal de France. *A Paris, chez Nyon fils*, 1746. 4 vol. in-12, v. m.

927. Mémoires de Boyvin de Villars sur les guerres demeslées tant en Piedmont, qu'au Montferrat et Duché de Milan depuis 1550, jusqu'en 1559, par feu Messire Charles de Cossé. *Paris, Jean Gesselin*, 1607. In-4, vélin.

928. Mémoires de la vie de François de Sceppaux, sire de Vieilleville, maréchal de France, par Vincent Carloix. *Paris*, 1757. 5 vol. in-12, portr. v. marbré.

929. Mémoires d'état servant à l'histoire de notre temps depuis 1507, jusqu'en 1604, par M. de Villeroy. *Amsterdam*, 1725. 7 vol. petit in-12, v. granit.

930. Histoire de France pendant les guerres de religion, par
Ch. Lacretelle. *Paris*, 1822. 4 vol. in-8, demi-rel. bas verte.

931. BREF ET SOMMAIRE RECUEIL de ce qui a esté faict et de l'ordre
tenue (*sic*) à la joyeuse et triumphante entrée du très-puissant...
prince Charles IX en sa bonne ville de Paris, avec le Cou-
ronnement de Madame Élisabet d'Austriche, son épouse, et
Entrée de la dicte dame en icelle ville (par Simon Bouquet).
Paris, Denis du Pré, pour Olivier Codoré, 1572. In-4, fig. non
relié.

Volume rare, orné de belles gravures sur bois d'Olivier Codoré, graveur de
pierres précieuses.
Exemplaire bien conservé. C'est un de ceux auxquels on a ajouté à la fin,
une pièce de vers d'E. Pasquier intitulée: *Congratulation de la paix faicte par
S. M. entre ses sujets*, 1570.
La planche de la page 33 manque.

932. Mémoires de Coligny (Gaspard de Châtillon). *Paris, Claude
Barbin*, 1665. Pet. in-12, v. granit.

933. Discours merveilleux de la vie, actions et déportemens de la
reyne Catherine de Médicis. *Suivant la copie impr. à la Haïe
(Bruxelles, Foppens)*, 1663. Pet. in-12, veau.

Hauteur : 130 millimètres.

934. Lettres d'Henri IV et de MM. de Villeroy et de Puisieux, à
M. le Fèvre de la Boderie, ambassadeur de France en Angleterre, depuis 1606 jusqu'en 1651. *Amsterdam*, 1733. 2 vol. in-8,
v. granit.

935. Mémoires de M. Philippe Hurault, comte de Chiverny, etc.,
sous les rois de France Henri III et Henri IV. *A la Haye*, 1720.
2 vol. pet. in-12, v. brun.

936. Mémoires des sages et royales économies d'estat, domesti-
ques, politiques et militaires de Henry le Grand, par Maximil.
de Bethune, duc de Sully. *Jouxte la copie imprimée à Amsterdam*, 1552. 8 vol. pet. in-12, v. m.

Les quatre derniers volumes ont été imprimés à Rouen en 1662. On annexait
autrefois cette édition à la collection des Elsevier, quoiqu'elle n'ait rien d'elzevi-
rien.

937. Mémoires de Maxim. de Bethune, duc de Sully, mis en ordre
avec des remarques, par M. L. D. L. D. L. (l'abbé de l'Ecluse des
Loges). *Londres (Paris)*, 1745. 3 vol. in-4, portr. d'Odieuvre,
v. marbré.

938. Mémoires de la vie de Th. Agrippa d'Aubigné, avec les Mémoires de Frédéric-Maurice de la Tour, prince de Sedan (rédigés par Aubertin), etc. *Amsterdam*, 1731. 2 tom. en 1 vol.
in-12, v. granit.

939. Les Aventures du baron de Fœneste, par Th. Agrippa d'Aubigné. Nouv. édit. avec des remarques par Le Duchat. *Amsterdam*, 1731. 2 vol. in-12, veau.

940. Lettres du cardinal d'Ossat, avec des notes historiques et politiques. *Amsterdam*, 1754. 5 vol. in-12, portr. veau.

941. Les Négociations de M. le président Jeannin. *Jouxte la copie, à Paris, chez Pierre le Petit*, 1659. 2 vol. pet. in-12, v. m.
Hauteur : 137 millimètres.
Se joint à la collection elzevirienne, elle sort des presses de N. Hercule de Leide.

942. Apologie pour Jehan Chastel, Parisien, exécuté à mort, et pour les Pères et escholiers de la Société de Jésus bannis du royaume de France (attribué à J. Boucher). *S. l.* 1595. Pet. in-8, vélin.

943. Mémoires de Messire Philippe de Mornay, seigneur du Plessis-Marly, mis en ordre par Jean Daillé. *S. l.* 1626. In-4, v. brun fil.

944. Examen catégorique du libelle Anticoton. Auquel est corrigé le plaidoyé de Me Pierre de la Mortelière, aduocat au Parlement de Paris, et plusieurs calumniateurs des Pères Jésuites réfutés, par L. Richeome. *A Bourdeaux, par Jacques Marcon*, 1613. In-8, vélin.

945. L'Anti-hermaphrodite ou le Secret tant désiré de beaucoup de l'advis proposé au Roy pour réparer tous les désordres, impiétés qui sont en ce royaume, par J. P. D. B. C. d. P. G. P. d. M. L. M. d. F. C. X. (Jon. Petit de Bretigny). *Paris, Jean Berjon*, 1606. In-8, vélin.
Avec un envoi autographe de l'auteur.

946. L'Avant-victorieux, par l'auteur du Soldat et chevalier françois (par P. de l'Ostal). *Orthez, Abr. Rouyer*, 1610, pet. in-8, mar. vert, dos orné, fil. tr. dor. (*Trautz-Bauzonnet.*)
Le volume doit avoir un frontispice gravé qui n'est pas dans l'exemplaire.

947. Mémoires de M. de ***, pour servir à l'histoire du XVIIe siècle (par de Querlon). *Amsterdam (Paris). chez Arkstée et Merkus*, 1760. 3 vol. pet. in-8, v. m.

948. Histoire du règne de Louis XIII, dernière édition, par Mich. Le Vassor. *Amsterdam, Zacharie Chatelain*, 1750. 10 tom. en 17 vol. in-12, fig. v. marbré.

949. Histoire de France, collection curieuse de pièces relatives à la minorité de Louis XIII, 1614. In-8, n. rel.

950. Mémoires du comte de Pontchartrain, ministre et secrétaire d'Etat sous la régence de la Reine Marie de Médicis. *La Haye, Jean van Duren*, 1729. 2 vol. In-12, veau.

951. Les Mémoires du duc de Rohan. *Amsterd., André de Hoogenhuysen*, 1691. Pet. in-12, v. granit.

952. Mémoires sur les choses qui se sont passées en France depuis la mort d'Henri le Grand, jusqu'à la paix faite avec les Réformés, par le duc de Rohan. *Amsterdam (Paris)*, 1756. 2 vol. in-12, v. m.

953. Pièces les plus curieuses qui ont été faites pendant le règne du connestable de Luynes, quatrième édition augmentée des pièces les plus rares de ce temps. *S. l.*, 1632. In-8, demi-rel. v.

954. Mémoires du maréchal de Bassompierre, contenant l'histoire de sa vie et ce qui s'est fait de plus remarquable à la cour de France pendant quelques années. *Amsterdam (Trévoux)*, 1723, 4 vol. pet. in-12, v. br.

955. Ambassade du Mareschal de Bassompière en Espagne, l'an 1621. *Cologne, Pierre du Marteau (Amst., Elsevier)*, 1668. pet. in-12, demi-v. brun.

956. Remarques du Maréchal de Bassompierre, sur les vies des roys Henry IV et Louys XIII, de Dupleix. *Paris*, 1665. In-12, v.

957. Éloges et Discours sur la triomphante réception du Roy en la ville de Paris, après la réduction de la Rochelle (par le P. Machaud, jésuite), accompagnez de figures, tant des arcs de triomphe que des autres préparatifs (par Tavernier et Firens). *Paris, Pierre Rocolet*, 1629. In-fol. vél. fil. encadrements, fleurs de lis, tr. dor. (*Armes de Paris.*)

Avec la grande planche gravée par Abr. Boste qui représente le prévôt de Paris et les échevins haranguant Louis XIII à son retour de la Rochelle. Quelques feuillets sont tachés d'huile, rongés ou remontés.

958. La Vie du cardinal de Richelieu, par Le Clerc. *Amsterdam*, 1753. 5 vol. in-12, portr. v. marbr.

959. Mémoires de Henry, dernier duc de Montmorency, contenant tout ce qu'il y a de plus remarquable depuis sa naissance jusqu'à sa mort (par Simon Ducros). *Paris*, 1665. Pet. in-12, v.

960. Histoire de la mère et du fils : c'est-à-dire de Marie de Médicis et de Louis XIII, par François Eudes de Mezeray. *Amsterdam*, 1731. 2 vol. in-12, v. m.

961. Mémoires de M. L. C. D. R. (le comte de Rochefort) contenant ce qui s'est passé de plus particulier sous le ministère du cardinal de Richelieu (attribué à Sandras de Courtilz. *Cologne, Pierre Marteau*, 1688. In-12, vél.

962. Mémoires de M. Montrésor, contenant, diverses pièces durant le ministère du cardinal de Richelieu, etc. *Cologne, Jean Sambix*, 1723. 2 vol. pet. in-12, v. granit.

963. Mémoires du comte de Brienne, ministre et premier secrétaire d'Etat, contenant les événemens les plus remarquables du règne de Louis XIII et Louis XIV. *Amsterdam, J.-Fr. Bernard*, 1719. 3 vol. in-12, v. marbr.

964. Mémoires de Louis de Nogaret, cardinal de la Valette, général des armées du Roi, etc., années 1635 à 1637. *Paris, Pierres*, 1771. 2 vol. in-12, v. r.

965. Mémoires des divers emplois et des actions du Maréchal Du Plessy-Praslin (César de Choiseul). *Paris, Barbin*, 1676. Pet. in-12, v.

966. Mémoires du sieur de Pontis, sous les rois Henry IV, Louis XIII et Louis XIV; nouv. édit. *Paris*, 1715. 2 vol. in-12, v.

967. Mémoires de Henry de la Tour d'Auvergne, souverain duc de Bouillon, adressez à son fils le prince de Sedan. *Paris*, 1666. In-12, v. granit.

968. Benj. Prioli historiæ Galliæ, libri XII. *Ultrajecti, ex offic. Elzev.*, 1669. Pet. in-12, v. gris fil.

Hauteur : 130 millimètres.

969. Histoire du roy Louis le Grand, par les médailles, emblèmes, devises, jettons, inscriptions, armoiries, et autres monuments publics. Seconde édition augmentée, par le P. Cl.-Fr. Menestrier. *Paris*, 1693. In-fol. grav. v. brun.

970. Nouveau Siècle de Louis XIV, ou Poésies, anecdotes, etc., du règne et de la vie de ce prince, avec des notes historiques (publ. par Sautreau de Marsy). *Paris, Buisson*, 1793. 4 vol. in-8, demi-rel. v. vert.

971. Mémoires de Louis XIV, écrits par lui même, composés pour le grand Dauphin son fils, suivis de plusieurs fragments de mémoires militaires (publ. par Gain de Montagnac). *Paris*, 1806. 2 part. en 1 vol. in-8, demi-rel. bas. rouge.

972. La Nuict des Nuicts, le Jour des Jours, le Miroir du destin, ou la Nativité du Daufin du ciel, la Naissance du Daufin de la terre et le tableau de ses avantures fortunées (par Dubois-Hus). *Paris, Jean Passé*, 1641. Pet. in-12, demi-rel. m. bleu.

Très rare volume de poésies sur la naissance de Louis XIV.

973. Mémoires du cardinal de Retz, contenant ce qui s'est passé de remarquable en France, pendant les premières années du règne de Louis XIV. *Amsterdam, J.-Fred. Bernard et H. du Sauzet*, 1719. 4 vol. pet. in-8, portr. v. granit.

974. Mémoires de la minorité de Louis XIV, corrigés et augmentés de plusieurs choses fort considérables (par le duc de la Rochefoucauld). *Trévoux*, 1754. 2 vol. pet. in-12, v. marbr.

975. Mazarinades en prose et en vers (399 pièces), de 1648 à 1631. In-4, non rel.

976. Mémoires de Mademoiselle de Montpensier. *A Londres (Paris)*, 1746. 7 vol. pet. in-12, v. fauve.

977. Les Mémoires de Messire Jacques de Chastelux, chevalier, seigneur de Puységur, publiés par Du Chesne. *Paris, Jacques Morel*, 1690. 2 vol. in-12, portr. v. marbr.

978. Mémoires secrets de la cour de France, contenant les intrigues

du cabinet, pendant la minorité de Louis XIV, par Rustaing de Saint-Jory. *Amsterdam*, 1733. 3 vol. in-12, v.

979. Histoire du maréchal de Gassion, où l'on voit diverses particularités remarquables qui se sont passées sous le ministère des cardinaux de Richelieu et de Mazarin (par l'abbé de Pure). *Amsterdam*, 1696. 2 vol. pet. in-12, fig. v. fauve.

980. Mémoires du duc de Navailles et de la Vallette. *Paris, Ve de Claude Barbin*, 1701. In-12, v. granit.

981. Mémoires de M. de la Porte, premier valet de chambre de Louis XIV. Contenant plusieurs particularités des règnes de Louis XIII et de Louis XIV. *Genève*, 1756. Pet. in-12, v. marbr.

982. Mémoires de M. L*** (Lenet) contenant l'histoire des guerres civiles des années 1659 et suivantes; principalement celles de Guienne et autres provinces. *S. l. (Paris, Guérin)*, 1729. 2 vol. in-12, v. br.

983. Mémoires d'Anne de Gonzague, princesse Palatine (par Senac de Meilhan). *Londres, Paris, Prault*, 1789. In-8, v. marbré.

984. Mémoires de M. de Bordeaux, intendant des finances (par Gatien de Courtilz). *Amsterdam (Paris, Nyon)*, 1758. 4 vol. in-12, v. marbré.

On a rétabli à la plume l'article sur la famille Berrier et on a copié sur des feuillets réglés, un grand nombre d'autres passages supprimés lors de la réimpression de la fin du quatrième volume (pp. 266 à 492) faite par ordre supérieur. Ces passages concernent Fouquet (pp. 316-321, 434-453) et le fils de Machault surnommé Coupe-tête (p. 341.)

985. Abrégé de la vie de Monsieur de Turenne ou Réflexions sur quelques affaires du temps. *A Ville-Franche, chez Charles de la Vérité*, 1676. Pet. in-12, mar. bl. fil. tr. dor.

986. Histoire de Louis de Bourbon, second de nom, prince de Condé, premier prince du sang, surnommé le Grand, par Desormeaux. Seconde édition, revue et corrigée. *Paris, Desanet*, 1768. 4 vol. in-12, v. marbré.

987. Mémoires de Henri de Lorraine, duc de Guise (par Saint-Yon). *Amsterdam, Marc-Antoine Fordun*, 1712. 2 vol. in-12, rel. en 1, portr. v.

988. Mémoires pour servir à l'histoire de Louis XIV, par l'abbé de Choisy. *Utrecht, Van de Vater*, 1727. 3 tomes en 1 vol. in-12, veau.

989. Mémoires de M. de Gourville (publiés par Mlle de Bussière). *Paris, Barrois l'aîné*, 1782. 2 vol. in-12, v. m.

990. Mémoires et réflexions sur les principaux événemens du règne de Louis XIV, par le marquis de La Fare. *A Amsterdam, chez J.-F. Bernard*, 1755. Pet. in-12, v. m.

991. Mémoires de François de Paule de Clermont, marquis de

Montglat (par le P. Bougeant). *Amsterdam (Rouen)*, 1727. 4 vol. in-12, v. fauve.

992. Mémoires et instructions pour servir dans les négociations et et affaires concernant les droits du roy de France. *Amster., Ant. Michel (Bruxelles, Foppens)*, 1665. Pet. in-12, veau.

Hauteur : 131 millimètres.

993. La Vérité défendue des sophismes de la France et réponse à l'auteur des prétentions du Roy Très Chrestien, etc., etc. *S. l.* 1668. 3 parties en 1 vol. pet. in-12, vélin.

Sort des presses de Foppens.
Hauteur : 126 millimètres.

994. Traité des droits de la Reyne Très-Chrestienne sur divers Estats de la monarchie d'Espagne (par Ant. Bilain). *Suiv. la copie de l'Impr. roy. à Paris (Amsterd., les Elzev.)*, 1667. Pet. in-12, veau.

Hauteur : 134 millimètres.

995. Mémoires de Monsieur de Lyonne au Roy, interceptez par ceux de la garnison de Lille la campagne passée. *S. l.* 1668. Pet. in-12, veau.

996. La France politique ou ses desseins executez ou à exécuter sur le plan des passez ; etc., etc. *Charle-Ville, Denis François (Bruxelles, Foppens)*, 1672. Pet. in-12, vélin.

Hauteur : 130 millimètres.

997. Mémoires de M. de *** (Colbert de Torcy), pour servir à l'histoire des négociations depuis le traité de Riswick, jusqu'à la paix d'Utrecht. *La Haye (Paris)*, 1756. 3 vol. in-12, v. m.

998. Mémoires du comte de Forbin, chef d'escadre (rédigés par Reboulet et le P. Le Comte). *Amsterdam (Rouen)*, 1730. 2 vol. in-12, fig. v. brun.

999. Réponse de Monsieur de Saintefoix au R. P. Griffet et Recueil de tout ce qui a été écrit sur le prisonnier masqué. *Londres (Paris)*, 1770. In-12, v. marbré.

1000. Mémoires du maréchal de Berwick (par l'abbé de Margon). *Londres*, 1738. 2 vol. in-12, v. marbré.

1001. Souvenirs de Madame de Caylus, sur les intrigues amoureuses de la Cour, avec des notes de M. de Voltaire. Seconde édition augmentée de la Défense de Louis XIV. *Au château Fernei* (sic), 1770. In-12, bas. rac. fil.

1002. Histoire de France pendant le XVIIIᵉ siècle, par Lacretelle. *Paris*, 1808. 14 vol. in-8, demi-rel. bas. rouge.

1003. Tableaux de genre et d'histoire, peints par différents maîtres ou Morceaux inédits sur le régent, la jeunesse de Louis XV et le règne de Louis XVI. par Fr. Barrière. *Paris*, 1838. In-8.

demi-rel. bas. verte. — La Cour et la Ville sous Louis XIV, Louis XV et Louis XVI, par le même. *Paris*, 1830. In-8, demi-rel. bas. r.

1004. Mémoires secrets sur le règne de Louis XIV, la Régence et le règne de Louis XV, par M. Duclos. *Paris, L. Collin*, 1808. 2 vol. in-8, demi-rel. bas. rouge.

1005. Recueil général des pièces touchant l'affaire des Princes légitimes et légitimez, mises en ordre. *A Roterdam*, 1717. 4 vol. in-12, veau.

1006. Les Glorieuses Campagnes de Louis XV, représentées par des figures allégoriques, avec une explication historique (par de Gosmond). *Paris,* 1744-45-46. Gr. in-4, v. fauve, rel. usée. 31 pl. gravées.

1007. Médailles du règne de Louis XV (par Goddonesche et G.-R. Fleurimont). *Paris, s. d.* In-fol. v. fauve, tr. dor.

1008. Lettres de Madame la marquise de Pompadour, depuis 1757 jusqu'en 1762 inclusivement (par Barbé-Marbois). *Londres, Owen et Cadell*, 1773. 3 part. en 1 vol. pet. in-12, v.

1009. Anecdotes sur Mme la comtesse Dubarri, par Pidanzat de Mairobert. *Londres*, 1777. In-12, bas. r.

1010. Lettres originales de Madame la comtesse du Barry ; avec celles des Princes, Seigneurs, Ministres et autres qui lui ont écrit, et qu'on a pu recueillir, etc., par Pidanzat de Mairobert. *Londres*, 1779. In-12, demi-rel. mar. r.

1011. Maupeouana ou Recueil complet des écrits patriotiques publiés pendant le règne du chancelier Maupeou. *Paris*, 1775. 5 tom. en 2 vol. in-8, fig. v. granit.

1012. Heures nouvelles à l'usage des magistrats et des bons citoyens. *S. l.* 1776. Pet. in-12, vélin.

Traduction politique de la Messe et des Vêpres en l'honneur de Louis XVI, à l'occasion du rétablissement du Parlement, après la chute du ministre Maupeou.

1013. Mémoires de l'abbé Morellet sur le XVIIIe siècle et sur la Révolution. *Paris*, 1821. 3 vol. in-8, portr. demi-rel. bas. verte.

1014. Considérations des Notables de la halle sur les affaires présentes. *S. l. n. d. (Paris*, 1788). 4 ff. in-8, demi-rel. v. fauve.

Chanson satyrique contre Brienne et Calonne.

1015. Recueil de pamphlets. In-8, demi-rel.

1° Vie privée ou Apologie du duc de Chartres, contre un libel (*sic*) diffamatoire écrit en 1781 par une société d'amis du prince. *A cent lieues de la Bastille*, 1784 ; 2° Domine salvum fac Regem, (par Peltier). *Sur les bords du Gange*, 20 octobre 1789 ; 3° Vie publique et privée d'Honoré Gabriel Riquetti, comte de Mirabeau. *Paris, hôtel d'Aiguillon*, 1791 ; 4° Révolution de France et de Brabant, n° 72, récit de la mort de Mirabeau (1791) ; 5° La Magie de Cagliostro dévoilée par lui-même, ou Révolution des intrigues mises en usage dans l'affaire du célèbre collier. *Londres*, 1789.

1016. Précis de la vie ou Confession générale du comte de Mirabeau. *A Maroc, de l'Imprimerie impériale (A Paris, chez Le Jay)*, 1789. In-8, demi-rel. mar. r.

1017. Almanach des Aristocrates ou Chronologie épigrammatique des Apôtres de l'Assemblée nationale. *A Rome (Paris) l'an III de la Barnavocratie*, 1791. Pet. in-12, fig. bas.

1018. Mémoires de Madame la marquise de la Rochejaquelin. Seconde édit. *Paris, Michaud*, 1815. 2 tom. en 1 vol. in-8, cartes, demi-reliure.

1019. Comme quoi Napoléon n'a jamais existé. Grand erratum, source d'un nombre infini d'errata, à noter dans l'histoire du XIXᵉ siècle. Seconde édition revue par l'auteur. *Paris, J.-J. Risler*, 1836. In-32 de 46 pp. br.

C. Histoire des villes et anciennes provinces de France.

1020. Les Antiquitez de la ville de Paris, contenants (*sic*) les fondations des églises, chapelles, etc., etc., la Chronologie des premiers présidens, etc. Enrichie de plusieurs belles figures, par Cl. Malingre. *Paris*, 1640. In-fol. veau, br.

1021. Voyage pittoresque de Paris ou description de tout ce qu'il y a de plus beau dans cette grande ville, en peinture, sculpture et architecture (par Dezallier d'Argenville). *Paris, de Bure*, 1770. In-12, fig. front. gravé, v. m.

1022. Histoire des ducs de Bourgogne, de la maison de Valois, 1364-1477, par M. de Barante. *Paris, Ladvocat*, 1825. 13 tomes en 12 vol. in-8, demi-rel. basane.

1023. Histoire de Lyon, depuis sa fondation, jusqu'à nos jours, par P. Clerjon. *Lyon*. 1829. 6 vol. in-8, broché.

1024. Les Annalles d'Acquitaine, faicts et gestes en sommaire des roys de France et d'Angleterre, etc., par J. Bouchet. *Paris, Guillaume le Bret*, 1540. In-fol. v.

1025. Recueil des antiquités et singularitez de la ville de Rouen, par N. Taillepied. *A Rouen, de l'imprimerie de Martin le Mégissier*, 1610. Pet. in-2, cartes, vélin.

1026. Histoire politique, ecclésiastique et littéraire du Querci, par M. de Cathala-Coture. *A Montauban*, 1783, 3 vol. in-8, demi-rel. mar. bleu.

1027. Annales de la Bigorre, par Deville. *Tarbes*, 1818. In-8, br.

1028. Description poétique du Languedoc, divisée en 6 livres, avec

des notes histor. et géograph., par J. Brachet. *Avignon*, 1817.
In-12. br.

1029. Antiquités bordelaises ou Tableau historique de Bordeaux et
du département de la Gironde, etc., par P. Bernardeau. *Bordeaux, Moreau*, 1797. In-8, demi-rel. bas. viol.

1030. Arn. Oihenarti notitia utriusque Vasconiæ tum Ibericæ tum
Aquitanicæ. *Parisiis, Cramoisy*, 1638. In-4, v.

1031. Essais sur le Béarn, par Fauget de Baure. *Paris*, 1818. In-8,
demi-rel. bas.

1032. Notice historique sur la ville de Nérac, ses environs, le château des ducs d'Albret, etc., par Chr. de Villeneuve-Bargemont. *Agen*, 1807. In-8, demi-rel. bas. verte. — Labat. Inscriptions et Monuments antiques de Nérac. *Agen*, 1835. In-8,
broché.

1033. Tableau des Pyrénées françaises, par Arbanère. *Paris, Treuttel et Wurtz*, 1828. 2 vol. demi-rel. v. r.

D. Histoire des divers pays étrangers.

1034. Analyse géographique de l'Italie, par d'Anville. *Paris*, 1744.
In-4, cartes, v. marb.

1035. Th. Campanellæ de Monarchia hispanica discursus. *Amstel.*,
ap. Lud. Elzev., 1640. Pet. in-12, v. f. fil.

Hauteur : 124 millimètres.

1036. J. Meursii Gulielmus Auriacus, sīve de Rebus toto Belgio
tam ab eo, quam ejus tempore, gestis ad excessum Ludovici Requesentii. Pars prima, tributa in libros X. *Lugd. Batav., ap.
Isaacum Elzevirium*, 1621. In-4, vél.

1037. Di Leodiensi Respublica. *Amstel., ap. Joan Janssonium*, 1633.
In-16, v. fauve, fil.

Aux armes de Léon de Beaumont, évêque de Saintes (1716).

1038. Mémoire du comte de Guiche, concernant les Provinces-
Unies des Païs-Bas (publiés par Prosper Marchand). *Utrecht, Van
der Aa*, 1744. 2 vol. in-12, v. m.

1039. Les Délices de la Hollande, composés par le sieur Jean de
de Parival. *Amster., Jean de Ravestein*, 1669. Pet. in-12, v.

Hauteur : 134 millimètres.

1040. La Véritable Religion des Hollandois, avec une apologie
pour la religion des Estàts-généraux des Provinces-Unies, etc.,
par Jean Brun. *Amst. Abrah. Wolfgank*, 1675. Pet. in-12, v.

1041. Josiæ Simleri Valesiæ et Alpium descriptio. *Lugduni Bata-*

vorum, ex officina Elzeviriana, 1633. In-16, titre gravé, réglé, mar r. compart. dor. (*Le Gascon*.)

Exemplaire d'Habert de Montmort.

1042. Rerum Anglicarum et Hibernicarum Annales, regnante Elisabetha, auctore G. Camdeno. *Lugd. Batav., Elsev.*, 1639. In-8, vél.

1043. P. Molinæi Regii sanguinis clamor ad cœlum adversus parricidas anglicanos. *Hagæ Comitum, ex typographia Adriani Vlac*, 1652. Pet. in-4, vél.

1044. Monumenta Paderbonnensia ex historia romana, francica, saxonia eruta, et novis inscriptionibus figuris, tabulis et notis illustrata (auctore Principi Ferdinando Furstembergio, episcopo paderbonnensi.) *Amstel. Dan. Elzevir*, 1672. In-4, fig. v. marb.

1045. Recueil de quelques pièces curieuses servant à l'éclaircissement de la vie de la reine Christine. *Cologne, Pierre du Marteau (Bruxelles, Foppens)*, 1669. Pet. in-12, v.

Hauteur . 137 millimètres.

1046. La Relation de trois ambassades de Monsieur le comte de Carlisle, vers Alexis Michailovitz, etc. *Amster., Jean Blaeu*, 1669. Pet. in-12. v. brun.

Aux armes de Le Goux de la Berchère, archevêque de Narbonne.

1047. Bibliothèque orientale, ou Dictionnaire universel, contenant tout ce qui fait connaître les peuples de l'Orient, leurs histoires etc., etc., par d'Herbelot. Nouv. édit. reduite et augmentée (par Desessarts). *Paris*, 1781. 6 vol. in-8, v. jasp. fil.

1048. De la Littérature des Turcs, par l'abbé Toderini, trad. de l'italien en françois par M. l'abbé de Cournand. *Paris*, 1789. 2 vol. in-8, bas fauve.

1049. Histoire de l'état présent de l'Empire ottoman, contenant les maximes politiques des Turcs (par Briot), etc. *Amst., Abrah. Wolgank*, 1678. Petit in-12, vél.

Hauteur : 130 millimètres.

1050. A. Gislenii Busbequii omnia quæ extant. *Lugd. Batav., ex offic. Elzev.*, 1633. In-24, cartonné, non rogné.

1051. Observations historiques et géographiques sur les peuples barbares qui ont habité les bords du Danube, par de Peyssonnel. *Paris, Tilliard*, 1765. In-4. v. m. cartes et fig.

1052. Description géographique, historique, chronologique, politique et physique de l'empire de la Chine, par le P. Du Halde. *Paris, Le Mercier*, 1735. 4 vol. gr. in-fol. cartes, etc., v. fauve.

Aux armes de Le Goux de la Berchère, et de la bibliothèque de Monseigneur de Beauveau, archevêque de Narbonne. Bel exemplaire.

V. ANTIQUITÉS.

1053. Discorso del S. Guglielmo Choul, gentilhuomo lionese, sopra la castrametatione e bagni antiqui de i Greci e Romani (trad. de Gabr. Simeoni). *Appresso Marc'Antonio Olmo*, 1558. Pet. in-8, fig. sur bois, v. f. fil. tr. dor.

1054. Joan. Meursii Græcia ludibunda, sive de Ludis Græcorum liber singularis, etc. *Lugd. Batav., ex offic. Elzev.*, 1625. Pet. in-8, vél.

1055. I Tali ed altri strumenti lusorii degli antichi Romani, descritti da Fr. de' Ficoroni. *Roma, Antonio de' Rossi*, 1734. In-4. grand pap. (*Aux armes du cardinal Barberini.*)

1056. Des Journaux chez les Romains. Recherches précédées d'un mémoire sur les annales des Pontifes et suivies de fragments des journaux de l'ancienne Rome, par J.-Victor Leclerc. *Paris, Firmin-Didot*, 1838. Gr. in-8, demi-rel. v. viol. non rogné.

1057. Saggi dal restabilimento dell'antica arte di Greci e Romani pittori, del signor abate don Vincenzo Requeno. Secunda edizione. *Parma*, 1787. 2 vol. in-8, cart. non rognés.

1058. Le Pitture antiche delle grotte di Roma, et del sepolcro de' Nasonj, disegnate et intagliate da G.-P. Bellori. *Roma*, 1706. In-fol. avec 75 pl. vél.

Dav. Clément, t. III. p. 74, prétend que cette édition de 1706 n'a été tirée qu'à 36 exemplaires, mais M. Brunet dit que c'est fort douteux.

1059. Spanhemii Dissertationes de præstantia et usu numismatum antiquorum. Edit. secunda auctior. *Amst., Dan. Elsev.*,1671. 3 part. en 1 tome pet. in-4, v.

1060. Didron. Iconographie chrétienne. —Histoire de Dieu. *Paris, Imprimerie royale*, 1843. In-4, broché.

VI. BIOGRAPHIE.

1061. Remarques critiques sur le dictionnaire de Bayle, par Joly. *Paris, Dijon*, 1748. 2 part. en 1 vol. in-fol. v. m.

1062. Cornelii Nepotis Vitæ excellentium imperatorum. *Parisiis, apud. Ant.-Aug. Renouard*, 1796. 2 vol. in-18, rel. en 1. (*Bradel.*)

1063. Les Illustres Françoises, histoire véritable. Nouvelle édition corrigée et augmentée, par Challes. *La Haye, I. Neaulme*, 1775. 4 vol. in-12, v. m.

1064. Vie de Nicolas Flamel et de Pernelle sa femme, par M. L*** V*** (l'abbé Villain). *Paris*, 1782. Pet. in-8, demi-rel. n. r.

1065. La Vie de Nostradamus, par Pierre-Joseph de (Haitze). *Aix*,
1712. In-12, v. granit.

1066. La Vie de Molière (par Grimarest), *Paris, Jacques Le Febvre*,
1705. In-12, demi-rel. mar. bleu.

1067. Vie de Molière, avec des jugemens sur ses ouvrages (par Voltaire). *Paris, Praut*, 1739. In-12 de 120 pp.

Première édition.
A la suite: Lettre de M*** au sujet d'une brochure intitulée: *La Vie de Molière*,
s. l. et a, in-12 de 24 pp.

1068. La Jeunesse de Molière, suivie du Ballet des Incompatibles,
pièce en vers inédite de Molière, par M. P. Lacroix. *Paris*, 1858.
In-18, broché.

1069. Molière. (Extrait du *Plutarque français*, par F. Génin.) In-4,
allongé, portr. demi-rel. dos et coins, mar. r.

1070. Notes historiques sur la Vie de Molière, par Bazin. 2ᵉ édit.
revue par l'auteur et considérablement augmentée. *Paris, Techener*, 1851. Gr. in-8, pap. vél. broché.

1071. Découverte d'un autographe de Molière. Réfutation impar-
tiale de quelques points de controverse élevée à ce sujet, avec
un tableau comparatif des variations qu'offre l'écriture de Molière dans les signatures qu'on a de lui, par P.-F. Fontaine.
Paris, 1840. In-8, br. non r.

1072. Le Roman de Molière, suivi de fragments sur sa vie privée
d'après des documents nouveaux, par Ed. Fournier. *Paris*,
1863. In-12, br.

1073. Vita di Giovanni Boccacci, scritta dal conte Gio.-Bat. Bal-
delli. *Firenze, Ciardetti*, 1806. Gr. in-8, pap. fort, fig. à l'aqua-
tinta, demi-rel. dos et coins cuir de Russie.

1074. La Vie du Père Paul, de l'ordre des Serviteurs de la Vierge,
traduite de l'italien par P. G. C. A. P. D. B. *Leyde, Jean Elzev.*,
1661. Pet. in-12, v.

Hauteur: 128 millimètres.

VII. BIBLIOGRAPHIE. — MÉLANGES.

1075. Bibliothèque des auteurs qui ont écrit l'histoire et topogra-
phie de la France, par André Du Chesne. Seconde édition, revue, etc. *Paris, Séb. Cramoisy*, 1627. In-8, vélin.

1076. La France littéraire ou Dictionnaire bibliographique des
savants, historiens et gens de lettres qui ont écrit en français,
pendant les xviiiᵉ et xixᵉ siècles, par Quérard. *Paris*, 1827-42.
10 vol. in-8, demi-rel. bas. verte.

1077. Histoire des plus illustres favoris anciens et modernes. Re-

cueillie par feu monsieur P. D. P. avec un journal de ce qui s'est
passé à la mort du maréchal d'Ancre (par P. Du Puy). *Leyde,
Jean Elzevier,* 1659. In-4. v. f.

Hauteur : 138 millimètres.

1078. Valerii Maximi dictorum factorum.. memorabilium lib. IX.
Cum J. Lipsii notis. *Lugd. Batav., ap. Fr. Hegerum,* 1640. Pet.
in-12, mar. citr. fil. tr. dorée.

Hauteur : 130 millimètres.

1079. Valerii Maximi dictorum factorumque memorabilium. *Amstel., juxta exemplar Elzeviriorum,* 1690. In-16, demi-rel. cuir
de Russie, non rogné.

1080. Essai sur les grands événemens par les petites causes, tirés
de l'histoire (par Richer). *Amsterdam,* 1760. 2 part. en 1 vol.
pet. in-8, v. m.

1081. Rutcovii (And.) Cteticæ, id est de Modis acquirendi libri
duo. *Amstel., Lud. Elzev.,* 1650. Pet. in-12, vélin.

1082. Bloemertii (A.-Alst.), Singularis Liber de nobilis et stu-
diosæ juventutis institutione... *Amstel., apud Lud. Elzevirium,*
1653. Pet. in-12, cart.

Exemplaire non rogné.

1083. Baucher. La Roussouline de Rodez. Nouvelle édition, revue et corrigée par l'auteur. *A Cologne, chez P. Marteau,* 1712.
In-12, vél.

Très rare.

ADOLPHE LABITTE

LIBRAIRE DE LA BIBLIOTHÈQUE NATIONALE

4, rue de Lille, Paris.

Laborde (Léon de). Documents inédits sur Athènes. In-8, fig.. 6 fr.

— Les Archives de France. In-
12.................... 3 fr.

— Glossaire français du moyen âge.
In-12.................. 4 fr.

Le Roux de Lincy. Notice sur Dom
Jacques du Breul. In-8..... 2 fr.

— Recherches sur Jean Grolier. Gr.
in-8 et atlas in-folio ...... 15 fr.

Lescarbot. Histoire de la Nouvelle-
France. Nouvelle édition. 3 vol.
petit in-8, avec 4 cartes. *Exemplaire en grand papier de Hollande*................. 36 fr.

Louville. Mémoires secrets sur la
succession d'Espagne. 2 volumes
in-8............... 4 fr.

Lydus. Liber de Ostensis, gr. et lat.
edidit Hase. In-8 .... 3 fr.

Margry. Les Navigations françaises.
In-8. *Exemplaire en papier de Hollande*................ 20 fr.

Meraugis de Portlesguez. Roman
de la Table ronde, par Raoul de
Houdenc. In-8, avec 19 gravures en
bois, chaque page entourée d'un
filet rouge *Papier vélin Whatman*
(format jésus)............ 30 fr.

Michelant (H.). Inventaire des vais-
selles, joyaux... livres et manuscrits de Marguerite d'Autriche.
2 brochures in-8.......... 6 fr.

Orléans (Charles d'). Poésies, publiées par Champollion-Figeac.
In-8. Exemplaire en grand papier...................... 6 fr.

Pauthier (G.). Les Iles ioniennes.
In-8, br. .... 2 fr.

Poésies gasconnes. Nouvelle édition,
publiée par M. Taillade. Paris,

2 vol. in-8. *Exemplaire en grand
papier vergé de Hollande*.. 20 fr.

Rondeaux d'amour (Cent cinq).
In-8..................... 20 fr.

Rossignol. Les Métaux dans l'antiquité. In-8.............. 5 fr.

Rossignol. Des services que peut
rendre l'archéologie aux études
classiques. In-8, br ...... 10 fr.

Ruble (A. de). Le Mariage de Jeanne
D'Albret. In-8, portrait. . 7 fr. 50
— *Papier vélin*......... 12 fr.

Sagard. Histoire du Canada. 4 vol.
in-8, br. *Exemplaire en grand papier de Hollande*......... 48 fr.

— Le Grand Voyage du pays des
Hurons. 2 vol. in-8. *Exemplaire en
grand papier de Hollande*. 24 fr.

Saint-Allais. Nobiliaire universel de
France. 20 tomes en 40 volumes
in-8.................... 100 fr.

Saint-Martin. Nouvelles Recherches
sur la mort d'Alexandre. In-8,
pap. vél................. 2 fr.

Sieurin (J.). Manuel de l'amateur
d'illustrations. In-8........ 12 fr.
— *Grand papier de Holl.* 24 fr.

Silvestre. Marques typographiques
des libraires et imprimeurs français. 2 vol. in-8.......... 64 fr.

Treitzsaurwein. Der Weiss Kunig.
In-fol. br. 8 pl............. 15 fr.

Typus mundi in quo ejus calamitates
necnon divini humanique amoris
antipathia olim proposita a R. R.
C. S. 1. A. *Dilingæ, Bencart,* 1697.
In-12. br. figures. ...... 10 fr.

Vathek. Conte oriental (par Beck-
ford)................. 20 fr.

Viator. De Artificiali Perspectiva.
2 parties in-fol. goth...... 25 fr.

Tables des prix de vente et des noms d'auteurs des bibliothèques : Brunet,
Potier, J. Pichon, Ruggieri, Émile Gautier, Lereuf de Montgermont,
Turner et Ambroise Firmin-Didot. In-8, chaque .... 2 fr. 50

RED. :

21

9 782329 215792